홍주의 노래

홍주의 노래

초판 발행일 I 2024년 1월 30일

지은이 I 이홍주
펴낸이 I 송수자
기획편집 I 송수자
표지 그림 및 디자인 I 송다현
펴낸곳 I 밥티조출판사
주소 I 인천시 중구 홍예문로 68번길 4-5
등록번호 I 제2012-000009호
등록일자 I 2012년 12월 3일

Printed in Korea
값 12,000원
ISBN 979-11-980953-2-9 03810

나는 절뚝발이입니다

홍주의 노래

이홍주 시집

내 모습 그대로를 사랑할 것

밥티조

서문

시집 〈홍주의 노래〉를 내면서

40년 전 고등학교 때 소설가가 되고 싶어서 흉내로 몇 자 원고지에 끼적거려 보곤 했지만, 가정형편상 대학 진학도, 꿈도 포기하고 공장에 취직하여 일하는 고단한 삶의 연속이라 꿈은 엄두도 못 내고 긴 세월 직장인으 살아온 세월이었습니다.

8살 때 관절염으로 수술하여 다리는 절뚝거리고 매사에 소극적이며 자존감도 낮았습니다. 이런 내가 지금의 남편을 35살 나이에 만나서 결혼하여 딸아이를 낳고, 또다시 생활전선인 공장에 취직하여 지금껏 일하는 고단한 삶의 연속이었습니다.

그러나 하나님께서 잊어버린 나의 꿈과 재능을 2014년 광야교회 새벽기도회 때 목사님의 안수 기도를 통해 확실히 알게 하시고, 그때부터 하나님께서 주시는 은혜로 손글씨로 글을 쓰다가 문명의 혜택인 스마트 폰을 접하며 글을 써서 가까운 지인들과 공유하게 된 것이 10여 년 가까이 됩니다.

글을 쓸 때는 힘들고 슬프고 억울하고 아팠던 모든 순간을 잊을 수 있었고 너무 기쁘고 행복했습니다. 하나님께서 고단한 나의 삶을 글로 치유하시고 회복시키시고 낫게 하시니 정말 기쁘고 감사했습니다.

오랫동안 글을 쓰니 남편이 제게 비꼬는 말투로 "당신이 쓴 글이 책으로 나오면 내가 교회 간다"라고 말하더니 이제는 "그 수익금은 당신 교회 짓는데 헌금 안 했으니 헌금해"라고 하더군요. 그래서 그 말에 "아멘" 하였고 남편이 교회 나오기를 간절히 바라는 마음에서도 지금껏 쓰게 되었습니다.

그리고 목사님께서 제게 "한나"란 이름을 주셨는데 그 이름으로 〈한나의 노래〉로 시 제목을 하면 어떨지 고민하였지만, 나의 본모습이 절뚝발이요, 내 모습 그대로를 사랑하시고 지금껏 하나님께서 주시는 은혜의 글로 노래하였기에 〈홍주의 노래〉가 좋을 것 같아서 이 시집을 내게 되었습니다.

나의 고백적인 글 "나는 절뚝발이"는 이제 나의 자랑이고 감사가 되어서 더 이상 부끄럽지 않습니다. 모든 만물과 풍경, 말씀, 은혜의 순간을 하나님께서 주시는 대로 기록하며 시를 지어 즐거이 주님을 노래할 수 있어서 너무 기쁘고 행복합니다.

시집이 나오기까지 여러모로 기도하고 응원해 주신 은혜드림교회 최인선 담임목사님과 사모님, 이숙재 목사님 그리고 여러 집사님, 남편과 지인들께 감사드리며 표지를 디자인해 주신 송다현 님과 밥티조 출판사 송수자 대표님께 감사를 드립니다.

새해에 큰 기쁨을 주신 하나님께 모든 영광을 돌립니다.

2024년 1월 1일
새해 아침에 이홍주 씀

추천의 글

어느 날 교회에 낯선 얼굴로 찾아든 이홍주 작가!

불편한 몸이라고 스스로 말했지만, 그 눈빛에서는 생기가 넘쳐흘렀습니다. 이홍주는 신비한 마력이 있습니다. 수줍게 내뱉는 말들은 겨우내 꽁꽁 얼어있는 호수를 깨우는 봄 햇살처럼 따뜻했고, 용기를 주었습니다.

이홍주가 세상에 내놓는 시는 결코 흩날리는 종이 한 장의 무게가 아닙니다. 인생이 퇴적되어 있고 삶의 무게가 켜켜이 쌓인 흔적으로 적힌 서사시입니다.

어렵지 않지만 가볍지 않으며, 누구나 쓸 수 있을 것 같지만, 그 누구도 쓰지 못할 작품들을 내놓습니다. 그녀의 글들은 한숨에 읽히지만, 한 번 읽어서 족하지 않을 만큼 위대함도 담겨 있습니다.

인생의 사계가 담겨 있는 글들을 읽고 있노라면 무릎을 치며 공감하고 안타까움에 몸서리치기도 하지만, 그 어느 지점에서는 말할 수 없는 큰 위로가 심장을 압도하기도 합니다.

그녀는 '상처'를 안고 이 세상에 태어났습니다. 그것은 다리의 장애입니다. 그러나 그녀는 스스로 '절뚝발이'라고 자신을 소개하고 있습니다. 이 말은 그녀의 삶은 상처에 함몰되어 있거나 체념되어 있지 않았다는 증거이며, 절벽과 같은 상처에서 나락을 선택하지 않고 비상하는 날갯짓을 선택하여 지금까지 살아왔다는 증거입니다.

그래서 그녀의 글들 속에는 인생의 희로애락이 담겨있으나, 마지막은 결국 '하나님이 주신 이식된 기쁨'으로 귀결되어 있습니다.

오늘 이 아름답고도 숭고한 작가 '이홍주'의 시집을 기쁨을 가득 담아 추천합니다.

최인선 목사
은혜드림교회 담임목사
한국침례신학교 특임교수

추천의 글

꿈을 잉태하면 언젠가는 출산한다는 말이 있습니다. 지난 6년이 넘는 세월 동안 기도하며 기다렸던 이홍주 집사님의 시집이 〈홍주의 노래〉로 출간하게 되어 매우 기쁘고 감사하게 생각합니다.

침례교 전국여성선교연합회(전여회)는 10년 동안 기도하면서 전국 교회, 기관, 전국의 여선교회원들의 헌신으로 2010년 3월에 김천시 부곡동(원골)에 은퇴 목회자부부, 홀사모, 은퇴 선교사님들을 위한 은퇴관인 사랑의 집을 준공하여 감사 예배를 드렸습니다. 저는 전여회를 은퇴 후 2017년 7월 15일부터 사랑의 집에 거주하게 되었고, 은혜드림교회의 협동 목사로 섬기게 되었습니다.

제가 은혜드림교회에 출석하기 시작하면서 하나님께서는 제 삶에 천사들을 많이 만나게 하셨는데, 그중에서도 제일 먼저 저에게 다가와 저를 섬겨준 성도가 이홍주 집사님이었습니다. 집사님은 주중에는 직장에 다니면서 주일에는 교회학교 교사, 성가대원, 작년에는 3여전도 회장으로 성실하게 섬기셨습니다. 또한 예수님을 믿지 않는 남편을 최선을 다해 섬기며 자녀를 신앙인으로 잘 양육했습니다.

집사님은 그런 바쁨과 인고의 생활 속에서도 어느 날부터인가 신앙고백적인 주옥같은 시를 자주 카톡으로 저에게 보내왔습니다. 그 글들을 읽을 때마다 작가의 사물을 보는 높은 통찰력과 순수한 마음과 믿음이 묻어 나오고 있어 마음속으로 감탄이 저절로 나왔습니다. 집사님의 글을 읽을 때마다 저의 마음이 맑아지는 것 같은 느낌입니다.

하나님이 글 쓰는 은사를 주셨지만, 하나님도 그 시들을 보실 때 많이 감동하실 것 같았습니다. 그리고 가끔 주일 설교를 요약해서 보내오기도 했는데 목사인 저보다도 핵심을 잘 잡아내어 간단명료하게 요약해서 보내주어서 큰 도움이 되었습니다.

저는 이홍주 집사님에게 직장을 퇴직하면 문학 공부를 하고 환갑 기념으로 시집을 발간하라고 권면하였고 그것을 위해 기도해 왔는데 놀랍게도 작년에 지인의 소개로 '한맥문학'에 이 집사님 시가 당선되어 시인으로 등

단하게 되었고 계속해서 그동안 써 온 시 2,000여 편 중 우선 1집을 출간하게 되었습니다. 앞으로 계속해서 2집 3집… 시집을 출간하여 그 시집을 읽는 사람들에게 큰 위로와 감동을 주고 예수님을 믿지 않는 사람들에게는 주님을 만나는 다리가 되기를 기대합니다.

무엇보다도 신앙을 거부해 오던 집사님의 남편이 이 시집이 출간되면 교회에 나오고 출판비도 본인이 후원하겠다고 약속했으니 이 시집은 영혼을 구원하는 기적의 책이 될 것을 믿고 기쁨으로 〈홍주의 노래〉(나는 절뚝발이입니다)를 추천합니다.

이숙재 목사
은혜드림교회 협동목사
침례교 전국여성선교연합회 직전 총무

차례

2부
내 사랑의 노래

3부

내 믿음의 노래

4부

내 천국의 노래

나를 쳐서 두드려서 사랑하는 사람들의 마음이

조금이라도 풀린다면 나는 그것으로 족합니다.

나는, 나는~ 북이라서 참~ 좋습니다.

1부

내 마음의 노래

하얀 달

밤새도록 온 하늘의
어둠을 밝히느라

힘이 쭉 빠져
환하게 빛나던
너의 얼굴이
창백하고 하얗게 되었네

피곤할 테니
구름 이불 덮고 푹 쉬렴

너와 함께 밤하늘을
반짝이며 수놓던 별들은
꿈나라로 간지 오래 되었구나

태양빛에 얼굴 붉히지 말고
낮 하늘은 친구에게 맡기고
곤할 텐데 어서 어서 자렴

간밤에도 너로 인해
환한 길 걸을 수 있었어
고마워 달아!

허수아비

황금빛 들판에
홀로 외롭게
두 팔 벌려 서 있는 나

모자도 씌우고 얼굴에
눈 코 입도 그려주고
옷도 입혀 주어서

주인 농부는
'훠이 훠이' 손짓하며
참새 떼를 쫓으라고 하네

그런데
참새들은 내 맘을
아는지 모르는지
내 곁으로 '포르륵' 날아와

두 팔에 기대어 앉아

아름다운 노래도 들려주며

친구가 되어 주네.

초승달

밤하늘에
반짝이는 초승달
어쩜 저렇게 예쁠까?

아하!
우리 딸 희은이
손톱에도
예쁜 초승달이 있네!

하늘에 있는 너도
우리 딸 손톱에 있는 너도
둘 다 참 똑같이 생겼네

밤하늘에 떠 있더니만
어느새 우리 공주 손톱에
내려와 앉았네~

예쁘고 아름다운 초승달아!

잃어버린 빨간 우산

빨간색에 손잡이가
긴 우산을 찾아요
이리 기웃~ 저리 기웃~
아무리 찾아도
보이지 않아요

누가 예뻐서 가져갔나 봐요
정든 우산 하나 잃어버려도
마음이 이토록 '짠'한데
잃어버린 양 한 마리를
찾기 위하여 아흔아홉 마리 양을
산에 두고 찾도록 찾기까지
산과 개울을 헤매는 우리 주님
그 사랑이 떠오릅니다

아~ 나를 향해서도 이렇게
했겠지?
눈물이 흐릅니다!

안녕! 내 친구 징검다리야

징검다리야, 안녕?
그동안 너로 인해서 하나님 전에
갈 수 있어서 참 고맙고 감사했었는데

요즘은 비도 오고 눈도 오고
밖으로 나오기 싫어 물속에만 있는
널 볼 수가 없구나

사뿐히 디디며 너에게 고마움과
안녕이라고 작별인사를 하고 싶었는데
징검다리야!

광야교회 생활이 너로 인해 얼마나
기쁘고 행복했는지 넌 모를 거야

항상 늦장부리고 게으른 나를
일찍 주의 전에
갈 수 있게 해 준 것은 바로 너야!

나도 너처럼 누군가를 예수님께 인도하는
징검다리가 되고 싶어!

이제 우리 교회는 광야교회 생활이 끝나고
더 큰 성전으로 이사 간단다
널 진짜 보기 힘들 것 같아

그래서 부탁인데 너의 멋진 모습 물속에
감추지 말고 또렷이 드러내어 오고가는
사람들의 멋진 친구가 되어주길 바라
징검다리야! 안~녕~.

매미

너의 울음 소리가

잠자는 나를 깨우고

우리의 아침을

깨우는구나

7년간의 어두컴컴한

땅속 생활을 뒤로하고

작열하는 태양빛이

그리워 이 여름~

짧은 생애를 울음소리로

불태우는구나.

솜사탕

고개 들어
푸른 하늘을 보니
어쩜 저렇게
예쁜 구름들이
둥실 둥실 떠 다닐까?

하늘에 커다란
막대기를 꽂아서
솜사탕을 만들어 먹으면
얼마나 달콤하고 맛있을까?

너도 한 입 나도 한 입
우리 모두 한 입 한 입
온종일 배불리 먹어도
줄어들지 않는 커다란 솜사탕.

주님의 이야기를 쓰는 모래

너무나 흔하디흔해서

눈여겨보지 않는 너희들

한 움큼 손에 쥐면

손가락 사이로 스르르~

얼마 안 되는

너희를 가지고 뭘 할 수 있겠니?

생각을 뒤엎는

놀라운 너희들의 변화무쌍한

모습에 우리들의 입이

'떡' 벌어지는구나!

쓸모없고 한 움큼도 안 되는

너희들이 흩어지지 않고

서로 연합하여 써내려가는

한 폭의 아름다운 그림들

이 세상을 사랑하시는
하나님의 사랑 이야기를 쓰는
모래가 되다니,
너희들 정말 대단하구나!

사랑하는 주님과 함께
더욱더 놀라운 주님의 이야기를
쓰는 멋진 너희들이 되길 바라.

할머니와 부채

여름이 와도
끄떡 없었지?
할머니의 손에
부채 하나만 있으면

쌔근쌔근 잠든 어린 동생
곁에서 더위도 날리고
날아드는 여름 해충도
거뜬히 쫓을 수 있었으니까

선풍기며 에어컨이
웬 말이더냐~~
살랑 살랑 부는 바람결의
나뭇잎들이 아주
커다란 부채였지!

여름이 와도 걱정 없었어
할머니에겐 부채 하나만

있으면 됐으니까

내 어린 시절엔
부채 하나로
더위를 날리던
멋스러움이 있었고
그리운 할머니가 있었지.

여름과 매미

이른 아침부터
맴~ 맴~ 맴~ 하며
우리를 깨우고
여름을 깨우는구나

긴 시간을 땅속에서
어둠과 함께 지내다가
이 여름 작열하는
태양빛 아래에서

이 나무 저 나무를
옮겨 다니며
너의 마지막 생애를
울음소리로 불태우는구나

하물며 너도 이렇게
창조주 하나님을 찬양하는데
하나님의 형상대로 지음 받은

나와 우리들이랴

감사함으로 지극히 높으신
주님을 찬양하고 또
찬양해야겠다고 다짐해본다

너희들의 울음소리가
아니 노랫소리가
이 여름을 더욱 여름답게
싱그럽게 뜨겁게 하는구나.

나는 북입니다

나는 우리 집의
북입니다
남편도 짜증나고 화나면
맘대로 '툭툭'칩니다
작은 소리로 '둥둥' 칠 때도 있지만,
어떤 날은 심하게
쳐서 '퉁퉁' 아프답니다

우리 집 공주도
가끔, 아주 가끔은
애교스럽게 '톡톡' 치다가
엄마가 제 마음을 몰라줄 때면 '통통' 쳐서
제 마음을 표현합니다

남편이 치는 북소리와
딸이 치는 북소리는
소리도 다르고, 크기도 다르고
향기도 다릅니다

그래도 나는
그 소리로, 그 크기로, 그 향기로
사랑하는 남편과 딸의 마음을
조금은 알아서 기쁘답니다

나를 쳐서 두드려서
사랑하는 사람들의 마음이
조금이라도 풀린다면
나는 그것으로 족합니다
나는, 나는
북이라서 참~ 좋습니다

어떤 소리로 두드려도
어떤 크기로 두드려도
어떤 향기로 두드려도
다 사랑스럽게 들리니까요.

가시버시

'째깍 째깍'
쉴 사이 없이
움직이는 두 바늘
몇 시를 가리키니?
몇 분을 가리키니?

'째깍 째깍'
열심히 돌다가
두 바늘이
한 곳에 멈추고
하나가 되었습니다

'뚜벅 뚜벅'
두 걸음이 만나서
함께 한 곳에
서있는 너와 나,
우리는 가시버시입니다.

달

구름 이불로
얼굴을 가렸다가
'쏙' 내밀다가
나를 보고
나를 따라 다니는
너, 달아

어둔 밤인데
빨리 가도
천천히 가도

여전히
날 따라 다니며
환하게 비춰주네
정말 고마워.

메아리

산에 올라
큰소리로 외쳐보네
“사랑해”

그러면
맞은 편에서 똑같이
“사랑해”라며
울려 퍼지네

또 다른 말
“나는 네가 정말 미워” 그러면
똑같이 “나는 네가 정말 미워”라고 하네

메아리는 따라쟁이~
내가 한 말을
그대로
토시 하나 빠뜨리지 않고
똑같이 따라하네

좋은 말도

나쁜 말도

구별하지 못하는 너~

그래서 나는

네가 있는 곳

어디든지

좋은 말 고운 말을

따라하는 내가

되었으면 해!

신호등

우리가 살아가는 사회에는
여러 가지 규범들이 존재한다

그중의 하나가 교통법규인데
신호등을 잘 지켜야 된다

마찬가지로 인생에는 인생 신호등~
인생 신호등을 잘 지키며
살아간다면
우리의 인생이
어쩌면 더 하나님 앞에
부끄럽지 않은 인생이 아닐까?

빨간불이 켜졌을 때는
가던 인생길을 멈추고
파란불이 켜졌을 때는
인생길을 열심히 걸어가고
무엇보다 주위를 잘 살펴서

갑자기 들이닥치는 위험을
예비해야 하며

노란불이 켜졌을 때는
무엇보다 긴장하고
예비하고 살펴서 점검해야 된다

인생의 신호등도
잘 지키면 좋은데
지금~
내 인생 신호등에
켜진 불빛은
어떤 빛깔일까?

초가지붕

다양한 색깔들로
옷 입고 다양한
모습을 가진 너, 지붕아

눈도 막아주고
번개도 막아주고
새똥도 막아주고
가끔 비가 오면
음악 소리도 들려주니
넌 참 고마운 친구야!

무엇보다,
우리 선조들의
멋스러움과 풍류를
엿볼 수 있는 초가지붕

가을엔 빨갛게 익은
고추를 융단처럼 덮고

‘주렁주렁’ 달린
박들이 널
환하게 웃게 하는구나

지금은
기하학적인 친구들에
밀려서 민속촌에
‘옹기종기’ 모여 살지만

우리 선조들의
부지런함과 향수를
느낄 수 있어 가끔
그립고 보고 싶구나.

하늘

어제 아침은
무슨 걱정이
그리 많았는지

잿빛 얼굴에
속이 '뭉글 뭉글'
피어오르더니만

오늘 아침엔
파란 얼굴에
새하얀 달도
흰 구름도 떠있네

머리 위의
쪽빛 바다는
'톡' 치면
쪽물이 '뚝 뚝'
떨어질 것 같네.

무지개

빨주노초파남보 일곱 빛깔
고운 무지개

아이들 비눗방울 속에도
우리 동생 색동저고리에도
무지개가 있다네~

그런데, 너희들
비 온 뒤에 저 멀리 걸려있는
무지개가 하나님이
이 땅에 다시는 홍수로
멸하지 않으시겠다는
약속의 표징이라는 것을
알고 있니?

옥수수

하나님께서 천지를
창조하시고
모든 식물과 채소를
인간들에게 주시고
먹게 하셨는데

그들 중 하나인 너!
너의 수염은
차를 끓여 먹게 하고
겹겹이 입은 옷은
모두 벗어서
예쁜 가방을 만들 수 있고

너의 뽀얗고 탱탱한 살은
뜨거운 불에 익혀서
우리의 입안을 즐겁게 하고
버릴 게 하나도 없는 너~

커다란 키의 줄기는 엮어서
곡식을 보관할 수 있게 하고
급기야 너의 몸은 알알이
햇볕에 말려져
한겨울의 허기진 배를
뻥튀기란 이름으로 채우는구나

그리고 빈 몸통은
가끔 효자손도 되네
하나도 버릴 것 없는
너를 보면서
아낌없이 우리를 위해
다 주는데
나는, 나는 무엇으로
주님께 드리지?

또르르, 물방울들의 여행

하나님께서 하늘의
창을 열고 너희들을
보내셨구나

또르르 또르르~
맑고 투명한 너희들이
메마른 땅속으로

어느새 바닥이 드러난
호숫가로~ 개울로~
이곳저곳을 적시며
지나고 있구나

어느새 잎들이 타들어가는
어느 농부의 채소밭이며
앞마당 호박 넝쿨에도
너희들이 와 닿으니

생기가 돌고
생명이 움트는 구나

너희들의 여행은
하늘에서 땅으로의 여행~
생명을 움트게 하는
멋진 여행이구나

너희들을 보내신
하나님께서도
하하~ 웃으시겠지.

가을, 두 번째 봄을 담다!

잎들이
각양각색으로
꽃이 되는 가을은
두 번째 봄입니다

이것은 창조주 하나님께서
인생들을 위하여
주시는 사랑입니다

가을 속에
잎으로 봄을
담아 주시는
그분의 끝없는 사랑

지천에서
잎으로 물든 봄을
선물로 주시는
그 놀라운 사랑을

두 번째 봄을 주신

하나님께 감사를 드립니다.

놀림

“야~~다리병신 축구한다
좀 봐! 절룩거리면서…”
아이들의 놀림에
그 소녀는 눈물이 글썽해진다

엘리사를 향해
대머리, 대머리하는 소년들
우리 주님!
십자가 위에 계실 때
“네가 하나님의 아들이면
십자가에서 내려오라”고
조롱하며 놀린 군중들

그 소녀도 아팠고
엘리사도 아팠다

우리 주님!
얼마나 마음이 아프셨을까?

당신의 사랑에

나는 당신의 사랑에
귀먹고 눈멀었습니다

나는 당신의 사랑에
온통 마음 빼앗겼습니다

당신의 목소리에
나의 심장은 쿵쾅쿵쾅
요동치며 뜁니다

나의 이 사랑을
모든 사람이 알게 이제는,
입술을 크게 벌려서
소문을 내야겠습니다

나는 지금 당신의 사랑에
귀먹고 눈멀었습니다!

과식

정성스레 차린 음식
유난히 젓가락이 많이 가는 반찬
허겁지겁 먹다보니
탈이 났네, 탈이 났다네!

골고루 먹어야 된다고
말해놓고는
정작 자기가 그렇게 될 줄이야

기름진 별미도,
매일 먹는 된장국만 못하리
탈이 났네, 탈이 났다네!

이제는 편식도
과식도 않으리
건강엔 매일 정성스레 차린
밥상과 골고루 섭취하는 것이
최고라네.

횡단보도

길바닥에 그려진
한 장의 오선지
그 위를 걷는 나는
하나의 음표가 되고

나의 옆에 서 준
너도, 그들도
또 하나의 음표가 되어
그 위를 걷는 우리들은

하나의 화음이 되고
노래가 되어서
오늘을 향해 퍼져 갑니다

길바닥에 그려진
한 장의 오선지가
우리의 일상을
힘차게 노래합니다.

마침표

문장이 끝날 때나
일이 끝났을 때
우리는 '마침표'를 찍는다고 해요

하지만 저는
'마침표'를 끝남이 아닌
또 다른 시작이라고
말하고 싶어요

'마침표'는 끝과 시작이
함께하는 부호

마침표는 끝이 아니에요
우리의 삶은
수많은 마침표와 쉼표, 느낌표
물음표, 되돌이표의 연속으로 이뤄져요

또 다른 시작을 향해서

나의 작은 마침표를 찍습니다

또 다른 시작을 위하여….

나는 절뚝발이

나는 오늘도 걷습니다
절뚝절뚝거리면
지나가던 사람들이
내 모습이 안 되어 보였는지
가던 길 멈추고
나를 봅니다

난 개의치 않고
가던 길을 계속 갑니다

나는 절뚝발이
어릴 땐 수도 없이
아이들에게 놀림당해서
많이도 울곤 했지만

지금은
절뚝절뚝하며
걷는 다리가

얼마나 다행이고
감사한지 몰라요

이 다리로 인해서
나의 주님을 만났고
그리고 지금도 사랑받고
천국 갈 수 있으니까요!

거미줄

아침햇살에 영롱한 빛을 띠며
드리워진 거미줄
이슬이 '또르르' 떨어지면
아름답게 짜놓은
거미줄이 흔들흔들합니다

모습을 감춘 포식자는
먹이 사냥을 위해
눈을 부릅뜨고
노려봅니다

우리들을 향해서도
원수 마귀는
아름답고 달콤한
죄의 거미줄을
곳곳에 짜놓고

하나님의 자녀들이
죄의 거미줄에 빠져들길
숨죽여 지켜봅니다

그들이 뿜어내는
아름답고 날카로운
죄의 사슬로
옴짝 달싹 못하도록
'칭칭' 동여매어
죽음에 이르게 합니다

아름답게 빛나는 달콤한
유혹의 거미줄
가까이 다가가면 안 됩니다.

부엌에서

어머니의 모습과
그리움이
묻어 있는 곳

삶의 냄새가
시작 되는 곳
삶의 에너지가
시작되는 곳
삶의 곰팡이가
사라지는 곳

비눗방울이
'뽀글뽀글' 웃고
어머니의 콧노래가
흐르는 곳
삶의 기쁨과
즐거움이 가득한 곳
바로, 부엌입니다.

아침에 주의 인자하심이 우리를
만족하게 하사 우리를 일생 동안
즐겁고 기쁘게 하소서
- 시편 90: 14

가장 듣고 싶은 말 "우리 딸 대견하다. 그래 교회도 잘 다니고 힘차게 사는 것 보기 좋구나" 라는 이 말씀, 나는 아직도 그립습니다.
우리 곁을 떠난 지 50년이 지났건만 여전히 그립고 보고 싶습니다.
아! 나의 어머니!

2부

내 사랑의 노래

발

항상 조그마한 공간에 갇혀서
주인의 무게를 고스란히 견디고
어두컴컴하고 냄새가 나는 곳

그럼에도 불평하지 않고
주인이 가는 곳 어디든지
순종하며 따라가는
너, 발아!

못생겼어도
땀으로 범벅되어도
고약한 냄새가 나도
나는 네가 좋아
가장 낮은 곳에서

아무도 보지 않는 곳에서
항상 나와 함께해 줘서
너무 너무 고마워.

달콤한 풍경

아침에 일어나 창밖을 보니
온통 하얗게 흰눈이
내렸습니다
간밤에 주님이
우리네 인생들의 피곤함을
달래려고 설탕가루를
뿌려놓고 가셨나 봐요
잠시나마 달콤함에 취하고
그 하얀 아름다운 풍경에 취하라고
설탕가루가 온통
자동차에도~ 지붕위에도~
나뭇가지에 붙어서
아름답고 달콤한 풍경을
우리에게 맛보게 하네요
주님의 솜씨에 또 한 번 놀라고
그 사랑에 또 한 번 놀랐습니다
이제 밖으로 나가려 합니다.

할머니

잠든 두 손녀가
다리 하나씩 올려도
'천근만근'이라면서도
편안하게
잠 잘 자라고 그 무게를
말없이 견디십니다

체구는 작아도
마음속에는 아주
커다란 방이 있습니다

자식들이 내뱉는
쓴 소리 다 삭히고
엄마 잃은 두 손녀
응석 다 받아주고,

사랑에는 다함이 없는
옹달샘 같은 큰 방입니다

정작 그 마음은

숯검댕이 되어도

좋은 것, 맛있는 것

자식들 먹이고

자신은 배부르다던

그 마음을

나도 조금씩, 조금씩

알아가는 나이가 되어갑니다.

가을이 주고 간 편지

초록빛 엽서가
알록달록한 엽서로
황금빛 엽서로
바람 우체부가 오늘,
현관까지 킥으로
나에게 배달했습니다

받아든 엽서엔
기쁨과 즐거움이
알록달록 그려져 있고

슬픔과 고난으로 빛바래고
상처 난 엽서도 있고
눈물로 축 쳐져 있는
엽서도 있지만

그래도 아직 희망 가득
푸르른 엽서가 있기에

내일을 향해 힘차게

나아가려고 합니다

나는….

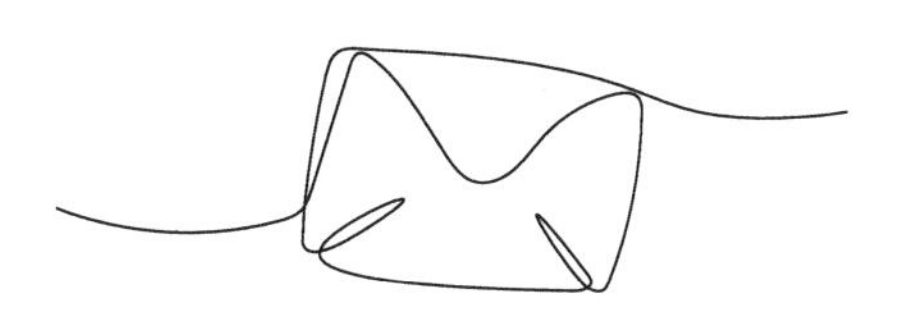

아, 어머니

어머니! 사랑하는 나의 어머니
당신이 환히 웃는 모습도 그립고
당신 이마에 굵게 접힌 주름도 보고 싶고

당신이 우리를 향해서
고생한 거친 손도 보고 싶고
우직하게 인생의 무게도
견뎌낸 메마른 다리도
보고 싶습니다

가장 듣고 싶은 말
"우리 딸 대견하다
그래 교회도 잘 다니고 힘차게 사는 것
보기 좋구나" 라는 이 말씀,
나는 아직도 그립습니다
우리 곁을 떠난 지 50년이 지났건만
여전히 그립고 보고 싶습니다!
아! 나의 어머니!

세탁자

쪼그리고 앉아서 빨래를 합니다
더럽고 때가 묻은 옷에
비누를 한두 번 칠하여
손으로 '싹싹' 비벼
거품을 내고
깨끗한 물에 한 번 두 번 세 번…
헹굽니다!

물에 여러 번 헹굴수록
옷은 깨끗해집니다
쪼그리고 앉아서 빨래를 하다보면
가끔 주님의 사랑에
눈물이 납니다

더럽고 찌든 죄를
주님께서 십자가의 보혈로
깨끗하게 씻어주신 것을 생각하면
너무 감사하고 눈물이 납니다.

거울

후~ 후~ 후~

입김을 불어서

깨끗하게 닦은 거울을 보면

그곳에 나의 모습이

선명하게 보인다

오른쪽 입 옆의 볼우물도,

점도, 뾰루지도

나의 모습이 보인다

그런데, 나에겐

또 다른 거울이 하나 있다

바로 십자가 거울이다

상하고, 통회하고, 회개하는

나의 모습을 매일 볼 수 있는가?

꽃과 별과 그리고 너의 웃음

꽃은
바람결에 나부껴서
더욱 아름답고
별은
어둠 속에서 반짝거리기에
더욱 빛나는구나

너의 웃음은
하나님께서
우리 가정에 주신
선물이기에
더욱 감사하구나

꽃보다 별보다도
하나님의 은혜 안에서
울고 웃는
너의 눈물과 웃음이
가장 좋구나.

기도의 젖줄

당신이 아프다는 소식에
마음이 너무 아팠어요
먼 길 한 걸음에 달려가고
싶었는데

당신이 집에 왔다는 소식에
내 마음은 기뻤어요!

수척한 얼굴과
가냘픈 팔을 보니
마음이 아파서 울었고
볼 수 있어서 또 울었습니다

머리가 좀 아프다고 하셨는데
재잘 재잘 수다 떠는
철없는 딸을 마냥 예뻐라 하시는
당신은 나의 영적
어머니십니다

당신의 기도의 젖줄이

나와 우리에겐 필요합니다

건강하게 우뚝 우리 곁에

계셔서 우리를 튼튼하게

키워주세요.

* 위 글은 2014년 큰 사모님께서 아프실 때 너무 마음이 아파서 쓴 글입니다.

진실을 말하는 자가 되자

아침에 화장을 하고 있는데 느닷없이
"호박에 줄 긋는다고 수박 되냐?
적당히 바르고 출근해라"라고 남편이 말한다
사실인데… 듣고 나면 기분이 좀 나빠 온다
지난주에 목사님께서 하신 말씀이 생각난다

키 작은 사람에게 "키 작네요" 하면 사실이지만
우리는 그 사실에 사랑을 더하여
"아담하네요"
눈이 작은 사람에게 "눈이 단춧구멍 같네요"
그 말은 사실이지만
"눈이 초롱초롱 빛나네요"

사실에 사랑을 더해 진실을 말하는 자가
믿음의 사람이라던 말씀이 생각난다
내일도 또 "호박에 줄 긋는다고 수박 되냐?"라고 하면
이 말 꼭 해 줘야겠다
사실에 사랑을 더하여 진실을 말해 달라고.

안경

언제부터인가 나도
이젠 너를 가까이해야만
하는 때가 더 많아졌어

얼굴을 찡그리고 눈에도 힘을 주니까
표정이 이상했는데
요즘은 네가 있어서 하나님 말씀도
크게 볼 수 있어 좋아

그 무엇보다 영적인 눈이 밝아져서
하나님께서 나에게 말씀하시는 것을
잘 깨닫고 볼 수 있는 자가 되어야겠어

그리하여 죄에는 눈이 어둡고
의와 진리에는 눈이 밝은 자가 되고 싶어
나는.

미용실에 다녀왔어요

아직 마음은 청춘인데
나의 머리엔 흰 머리카락이
우후죽순처럼 돋아나고 있다

거울을 보면 괜스레 흰 머리카락으로
나이 들어 보여서 한숨이 나온다
남편이 이런 날 보며 "나는 누나 데리고
산다네"라고 농담을 던진다

오늘은 진짜 마음 먹고 미용실에 갔다
커다란 거울 앞에 앉아서 나를 보노라니
새삼 세월의 흔적을 느낀다

단발머리에 앳된 표정의 소녀는
간데없고 흰 머리카락을 염색하는
중년의 여인이 웃고 있다

아~ 나는 그래도 지금의 이 모습이
마음에 들고 좋다
잠시 후면 다시 또 새로운 젊은 모습으로
변신도 하고

내일 주님 만나러 가는데
주님이 깜짝 놀라시겠지!

원수

우리 집에는
원수가 있습니다

그 원수는
나를 참
힘들게 합니다

때론,
나를 너무
아프게도 합니다

힘들게 아프게
하면 할수록
그 원수로 인해
내가 더욱
주님 전을 사모하고
기도의 무릎을
세울 수 있어요

그렇기 때문에
이 원수는
나에게는 없어서는
안 될 고마운 존재입니다

우리 집에는
원수가 있습니다
나는 그 원수랑
지금도 살고 있습니다

그 원수가 있기에
나는 더욱 주님을 사랑합니다
그 원수가 있기에
더욱 사모합니다
그 원수랑 살게 하신
하나님의 크신 사랑을
이제야 나는
조금 알 것 같습니다.

조연

오늘 나는 널 보니 너의 역할이 너무나 맘에 들었어
드러내지 않고 묵묵히 조연으로 있는 너의 역할
말이야!

왁자지껄한 입학식, 졸업식 때도
넌 활짝 웃는 학생들
가슴에 살포시 안긴 조연으로,
희망과 설렘을 나타내고

결혼식장엔 아름다운 신부의 손에
순백의 깨끗함을 나타내는 조연으로
슬픔 당한 곳에 애도의 조연으로
숙연한 너의 모습

그리고 주의 제단에선
신성하고 절제된 모습으로
너의 역할이 나의 맘을 뛰게 하는구나

그는 흥하여야 되겠고
나는 그의 신들메도 감당치 못하겠다고 말한
침례 요한의 조연이야 말로 예수님을 빛나게 했어

사람의 마음을 훔치려고 한 압살롬,
그는 분명 조연으로서
만족하지 못했기에 악을 저질렀고

이에 반해 다윗은 목동일 때도, 왕일 때도
조연으로서 자기의 본분을 다해
하나님을 높이는
하나님의 마음을 움직이는 자였어

나 또한 하나님을 높이고 예수님의 향기를 드러내는
조연이고 싶다!
나는 날마다 죽고 예수님만 사는,
예수님만 드러나는 조연의 삶 말이야!

반응

순종은 맨 마지막에
할 일이 아니라,
맨 처음에
해야 할 일이라네

나는 어떻게 반응할까?
즉각적으로 순종해야 하는데
조금 있다 해야지 미루고 있는가?

아니면,
또 '말씀하시겠지'라며
주님의 자리에 앉아 있지
않는지?

순종은 맨 마지막이
아니라 맨 처음에 해야 할 일이라는 걸
깨닫는 오늘이다.

개미 남편과 배짱이 부인

오늘, 남편은 가족을 위해서
열심히 밭에서 일하는 개미가 되고

나는, 시원한 그늘에 앉아서
찬양과 콧노래로 배짱이가 되고

개미 남편의 땀과 수고와 그 사랑에
올 한 해 배짱이 부인은 더~
흥겹게 주님을 찬양하며
나아가려 합니다.

돈지갑

누군가를 사랑하면
아낌없이 모든 것을
주고 싶은 마음이 생깁니다

그리고 무엇이든지
몸으로 헌신하고
봉사하길 좋아합니다

또한 돈지갑을 열어서
무엇이든지 사주고 싶어집니다

돈에는 그 사람의 마음이
담겨 있다 했는데
사랑하면 꼭꼭 잠긴
돈지갑이 아낌없이 열립니다

하물며,

주님을 사랑할 때

우리 마음이 주님께로 활짝 열려

돈지갑이 아낌없이

활짝 열려야 되지 않을까요?

당신의 돈지갑은

열려있나요?

잠겨 있나요?

그림자

우리와 늘 함께
따라다니는 너
네가 따라다니지 말라고
뛰고, 뛰어
심장이 입 밖으로 나올 때까지 달려도
너는 여전히 옆에 있고
없어지지 않지

달리다가
급기야는 심장이 터져
죽게 되는구나

그러나 너는
우거진 숲이 있는 그늘에
들어가면 없어지고 마는데

아아!

우리의 고통과 아픔이

그림자처럼 따라다닐 때

십자가 그늘로 가면 되는구나

주님께서 위로해주고

평강을 주는구나.

문제 앞에서

인생은 누구나 문제를
가지고 있습니다!
문제 앞에서 어떻게 할 것인가?

문제를 끌어안고 내가 해결하려고
동분서주 하며 끙끙 앓을 것인가?
문제를 회피할 것인가?
문제를 다른 사람에게 떠넘길 것인가?

아니면 문제를 주님 앞으로 가지고
나와서 주님의 은혜와 인도하심에
맡기는 삶을 살 것인가?
문제 앞에서 당신은 어떠한 삶을 살 것입니까?

주홍글씨

가슴에 새겨진 주홍글씨
그 글씨는 저주가 아니라,
은혜요 사랑임을

오늘을 사는 우리에게도
모습은 다를지언정
주홍글씨는 여전히
우리의 가슴에 새겨져 있다

저주일까, 사랑일까?
어떻게 반응하느냐가 문제인 것이다

어느 날 나는,
꼬리처럼 붙은 주홍글씨가
하나님의 놀라운 사랑임을 알고
울고, 울고, 울고,
또 울었다.

잠, 하나님께서 주신 특효약

아무리 힘들어도
지치고 피곤해도
하룻밤 자고 나면
씻은 듯이 개운하고
또 다른 새 힘과 소망으로
새 날을 맞이합니다

잠은
하나님께서
우리들에게 주신
특효약! 최고의 처방전!

우리가
잠 자고 있을 때
모든 것을 아시고 치료해 주십니다

우리가
자고 있을 때 바쁘게 움직이시며

사랑하는 자녀들이

새 힘과 기쁨으로

내일을 살 수 있게

일하시고 계시는 하나님!

그 사랑에

잠을 주심에 감사합니다.

너울 속에 빛나는 눈물

길가 어느 농부의
매끄럽고 야무진
손길을 느낄 수 있는
비탈진 밭

그곳에 흐드러지게
피어 있는 너희들

하얀 빛깔의 너울로
보라 빛깔의 너울로
예쁘고 청초한 얼굴을
가렸구나

지나가던 나그네가
가던 길 멈추고
다가가서 보고 가는구나

나도 질세라
다가가서 고운 빛 너울의
너희들을 마주하니

오호라!
너희 너울 위에
방울방울
눈물이 맺혀져 있구나

그 모습이
갓 결혼을 앞둔
신부의 모습 같구나!

* 도라지 꽃을 보며 쓴 글.

또 다른 바다

잠시 가던 길을

멈추고

고개를 들어서

하늘을 보세요

우리들 머리 위로

또 다른 바다를 보게 됩니다

예쁘고 하얀

각양의 구름 섬들이

떠 있는 또 다른 바다를

어쩜 저 푸른 물들이

저렇게 고요히 떠 있고

아침저녁으로

그야말로 불그스레한 빛깔로

장관을 뽐내는지

하나님께서 우리들에게
베푸신 또 다른 하늘 바다!

이 세상을 사는 우리에게
저 하늘의 또 다른 바다를
선물로 주심은

굳이 먼 곳을 헤매지 않아도
기쁨과 행복은 가까이에 있음을
느끼라고

먼 곳이 아니더라도
우리가 고개만 들면 볼 수 있는 바다!

별보다 특별한 존재

우리가 사는 세상은
쓸모와 효용에 따라
가치가 평가되고
능력에 따라 완전히
다르게 대우합니다

요즘에는 남녀노소 누구나
별들을 좋아합니다
스타들뿐 아니라
음식, 식당, 서비스나
상품, 강연이나 책
그리고 영화에도
별을 주어 평가합니다

별 한 개, 별 두 개, 별 세 개
별 따라 웃고 울며
이쪽으로 밀리고
저쪽으로 쏠리는 세상입니다

'별 다섯 개'를 향하여
끊임없이 달리고
경쟁하고 애를 쓰며
수고를 감내합니다

쓸모와 효용이
사람을 평가하는
기준이 되어서는 안 됩니다

'나'라는 존재는
세상에서 별 다섯 개 인생이
아니더라도,
하나님 안에 들어오면
전혀 다른 가치를
가지는 특별하고 귀한 사람으로
우리를 사용하십니다.

사랑이 이깁니다

태생과 환경, 학벌
모든 것이 다른 우리들이
예수 그리스도라는 한 분으로 인하여
같은 운명공동체라는 공통의 분모 안에
너와 나, 그리고 우리가 있습니다

내가 옳고, 네가 틀림이 아니라
우리의 재능과 은사와
환경이 서로 다름을 인정하고
정죄와 논란, 판단이 아닌
너그러움과 부드러움으로
상대를 감싸주고 배려할 때

그 다름 속에는
사랑이란 이름으로 더욱 더 값지고
아름다운 열매를 맺습니다

나 같은 죄인을 구원하시기 위하여
신이신 예수님께서
인간의 모습으로 이 땅에 오셔서
십자가에 달려 죽으셨습니다

그 큰 사랑을 입은
너는, 나는
그리고 우리의 모습은 어떻습니까?

사랑이 미움을 이기고
따스함이 차가움을 녹이며
그 마음을 변화하게 합니다

오직 예수님뿐입니다
사랑이 이깁니다, 모든 것을….

한 번

하나님의 말씀대로
살 길을 선택했다면
세상의 것들과는
단호히 이별해야 합니다

한 번의 술자리,
한 번의 성적 쾌락,
한 번의 돈이 삶의 중심,
한 번의 하나님을 향한 예배보다
사람들과의 만남

이 한 번이 나도 모르게
하나님을 내 삶의 자리에서
침식시킵니다

익숙해진 세상의 방법과
안일하고 편안함에 갇혀서
하나님을 향한 생기를 잃고

조금씩 세상 문화와 사회구조,
세속적인 얽힘과 타협으로
신앙이라는 울타리를
조금씩 내어줍니다

한 번 열린 울타리는
좀처럼 닫기가 힘듭니다

나의 한 번이
우리들의 이 한 번이
나를, 우리를
얼마나 세상 속으로
침식시키는지
한 번의 유혹과
타협에 넘어가지 맙시다.

노을

해가 지면
너를 만날 수 있지만
요즘은 널 좀처럼
만날 수가 없구나

하늘 두루마리에
찬란한 빛으로
각양으로 수놓는
노을빛 문양들

천지가 위대한 하나님의
작품이요 솜씨라지만
보면 볼수록
그 위대함과
아름다움에
압도당하는 우리들

저녁녘에 지는
노을까지도 우리를
위한 하나님의 선물!

우리를 향한
하나님의 사랑과 선물이
지천에 깔려 있건만
우리는 삶 속에서
왜? 감사하지 않을까?

시간, 그리고 또 다른 시간

초가 모여서 분이 되고
분이 모여서 시간이 되고
시간이 모여서 하루가 되고
하루가 모여서
한 해를 이루는

이 시간들 속에서
우리들은 얼마나
빠르고 쉼 없이
달려가고 있는가?

하지만,
우리에게는
또 다른 시간이 있습니다

그것은 카이로스의 시간
바로 하나님의 시간
우리는 우리의 시간과

하나님의 시간이 함께하는
그 시간을 소망합니다

언제가 될지 모르지만
그 때를 소망하면서
오늘을, 내일을
수많은 시간 속에서
질주합니다

나는야~
캘린더 타임의
크로노스의 시간 속에서
하나님의 때인
카이로스를 꿈꾸며
오늘도 나아갑니다.

설익어 눈살을 찌푸리는 신맛이 아닌, 침묵과 순종으로

달콤하게 무르익어 기쁨과 미소를 짓게 하는

나는야 주님께 접붙인 침묵하는 자.

3부

내 믿음의 노래

정답 되신 예수님

우리의 고통이 담긴 눈물을
가볍게 여기지 않으시며
인생 중에 경험하는
각양각색의
고통과 절망적인
현실에서
믿음의 눈을 들어
주님을 바라보며
소망을 찾게 하소서

고통과 슬픔이
우리 삶의 핵심이
결코 아닙니다

고통과 고난의
현장을 지날 때
문제의 해결은
오직 정답 되신

예수 그리스도께 있습니다

성도에게 하나님을
예배하는 자리는
곧 문제 해결의 빛이
임하는 현장입니다.

머뭇머뭇하지 마세요

사느냐! 죽느냐!
이것이 문제로다
하지 마세요

하나님이 참신인가?
바알이 참신인가?
머뭇머뭇하지 마세요

확고한 결단은,
하나님의 말씀에
순종하는 것이에요

위대한 일은
먼저 결단하고
시작하는 것이에요.

터널

인생은 터널과 같다
기쁘고 즐거운 날도 있지만
어두컴컴한 터널을 지날 때도 있다

어두운 터널 끝에 다다르면
밝은 빛이 눈앞에 있건만
빛을 보지 못하고 헤맬 때도

하나님께서는
그 터널 속에도 가끔은
예쁜 꽃도 보여주시고
고운 빛깔 무지개도 보여주신다

어둠이 깊을수록
새벽의 여명은 있기에
오늘 내 앞에 놓인
터널을 뚫고 힘차게
전진하련다.

회개란?

회개란,
내가 가는 길이
잘못된 길임을 알고
뒤돌아서 가는 것이에요

그리고
회개는 마음을 씻는 운동이에요

눈에 조그마한
이물질이 들어가도
아무 것도 못 보듯이
마음에도 죄가 있으면
가리어져 하나님을
볼 수 없잖아요

회개는,
눈이 열려 보이고
하나님의 뜻이 기억나며,

지난날의 잘못된 길로
다시는 가지 않겠다는 것이에요!

회개란,
가다가 이 길이 잘못된
길임을 알았을 때
'휙~' 돌아서 가는 것
턴(turn)하는 것이에요.

침묵

설익은 내 생각,
느낌을 잠시 접어두고
하나님이 일할 수 있게
침묵하는 자가 되렵니다

내 안의 기쁨도 슬픔도
변명도 잠시 내려놓고
침묵하는 시간

그분의 은혜가
머물 수 있게 하는
최고의 첨가제

침묵의 시간 속에
나는야…
향기롭게 무르익는
포도송이가 되렵니다

설익어 눈살을

찌푸리는 신맛이 아닌,

침묵과 순종으로

달콤하게 무르익어

기쁨과 미소를 짓게 하는

나는야 주님께 접붙인

침묵하는 자.

보물찾기

어린 시절

우리들 소풍의

최고의 꽃은 바로

보물찾기

나무 밑에 숨겨져 있을까?

바위 밑에 숨겨져 있을까?

돌멩이 아래에 숨겨져 있을까?

살며시 들춰보니 '꽝'이네

여기 저기 들려오는 소리

'꽝'이네~

'아! 보물이다~ 보물'

어린 시절엔 보물을 찾으면

그렇게 신나고 좋았는데

지금 나의 보물은~

당신의 보물은 무엇입니까?

그 보물을 당신은 찾았나요?

나는 보물을 찾았습니다

나의 보물은

바로,

예수 그리스도입니다.

쉼표 앞에서

지치고 힘겹고
숨이 턱까지 차오를 때
잠시 쉬어가라고
주님께서 주신 쉼표

쉼표는 또 다른
전진을 향한 도약대입니다

오늘도 나는
인생의 수많은
부호 속에서
주님이 주시는
쉼표에 힘을 얻어

때로는 빠르게, 때로는 느리게
힘주어 나아갑니다
주님이 멈추라면
잠시 쉬었다가

또 나아가렵니다

무엇보다,

주님이 주시는 쉼표에

나의 불완전한

마침표를 찍지 않으렵니다.

너 분노야!

너는 죄의 시작점이며
타인에게서 오는 게 아니라
늘 우리들의 내면에서
끊임없이 일어남을 알았단다

너의 굶주림은
가장 고상한 사람도 쉽게
무너뜨리고 너의 빠름은
KTX보다 빠르구나

너는 나로
죄 가운데 머물게 하며
불신앙으로 나아가게 한다

신앙의 속성은
늦더라도 기다려 주는 거야
나는 네가 올 때
타임아웃을 외칠 거야

나는 이제 성령님을 의지하여

평안과 은혜의 삶을 누리는

주님의 사랑받는 자 되고 싶어

너는 이제 타임아웃.

뜀틀

초등학교 5학년
그때까지만 해도
뜀틀 삼단 사단도
거뜬히
두 다리 '쫙' 벌려
뛰어 넘곤 했는데,

어느 날부터인가
나의 다리는 이단 높이도
뛰지 못하고
그 앞에서 멈추어 빙 돌아가니

뒤뚱거리는 다리로도
고무줄넘기, 제기차기
이단줄넘기, 자치기, 돌깨기…
무엇이든 지지 않고 잘했는데,

다칠까 봐 겁내는
그 마음이 도리어
높은 장벽이 되어
주저앉게 하고 의지를 꺾는
진짜 무서운 적이었음을 너무나
늦게 알았습니다

부족하고 연약한 나에게
내 은혜가 네게 족하다고
하신 주님! 감사합니다.

해바라기

초록의 치마가
너울처럼 드리워져
노오란 너의 얼굴과
새까만 눈을 빛나게 하는구나

너는 햇님만 바라보며
요리 조리 고개를
움직이는
일편단심 해바라기!

비가 오면
네가 그토록 좋아하는
햇님을 볼 수 없어서
너울 속에 얼굴을 숨기고
울고 있구나!

나도 너처럼 되고 싶어
한 분만 바라고

한 분만 죽도록

사랑하고 싶어!

저 하늘에 태양이

고개를 '쏙' 내미는구나

좋아라 쳐다보는

너의 모습이

사랑스럽고 아름답구나

너는 햇님만

바라보는 해바라기!

난! 오직 주님만

바라보는 주님바라기!

이름 위에 뛰어난 이름

이름에는 그 사람에 대한
많은 정보가 숨겨져
있다네

열국의 아버지인 아브라함,
열국의 어머니 사라,
발꿈치를 잡고 나온 야곱,
하나님과 겨루어 이긴 사람, 이스라엘

그리고 목사님께서
내게 주신 이름 한나

이 모든 이름 위에 뛰어난 이름
사랑하는 나의 주님,

예수님, 예수님, 예수님
우리 죄를 사하여 주셨네.

눈꽃을 밟으며…

퇴근 길, 버스에서 내리는데
하늘에서 눈꽃이 사르르
그 눈꽃을 사뿐사뿐 밟고 갑니다

눈꽃은 땅에 떨어지자마자
사라집니다
그 모습에 나는 마음이 아파옵니다

주님께서 내 죄도 흰 눈처럼
희고 깨끗하게 하시기 위해
십자가에 달려 돌아가셨다고
생각하니…

한참 걷다보니 불빛이 보입니다
우리 집입니다

세상엔 여전히 눈꽃이 내립니다.

새벽이슬 같은 주의 청년

당신을 보면
난 참 부끄럽습니다

왜냐고요?
청년 때 하고 싶은 것
보고 싶은 것,
가고 싶은데도 많을 텐데…

늘 그 자리를 지키며
아이들을 내 똥강아지로
부르며 가르치고
눈물로 기도하고
주의 일에 일 분 일 초를
아까워하지 않고
모두 다 드리니
지금도 부끄럽군요

청년의 때 곤고한 날이
이르기 전에 너의 창조자를
기억하라는 말씀 따라 살아가는
당신이 넘 멋집니다

주님!
여기 새벽이슬 같은 청년이
주께 나아옵니다
그의 모든 걸음걸음
주님이 인도해주소서.

나는

내가 먼저 당신을 찾아
당신을 사랑한 줄 알았는데,
이제야 알았습니다!

당신이 먼저 창세전에 이미
나에 대한 당신의 사랑을
확정해 놓았음을

아~ 그 사랑의 높고 깊음이여!

찾고 헤매는 인생들

오늘도 내일도
무엇인가를 찾고 헤매는
우리네 인생들

꿈을 찾아서
행복의 파랑새를 찾아서
완전한 사랑을 찾아서
더 나은 인생을 찾아서
오늘도 내일도 쉼 없이 달리는
우리의 모습! 모습들!

정작 헤매고 헤매다가
지쳐 돌아와 보니 자기 집에
파랑새가 있듯이
우리 인생 최고의 행복은
멀리 있는 것이 아니라
바로 예수님 안에 있음을
난! 알았다네!

시계

짹깍, 짹깍, 째깍

쉴 사이 없이

움직이는 삼형제의

수고로움으로

우리는 하루를 살고

일 년을 살고 또한

수년을 살아간다

주님이 이 땅에

우리들에게 주신 년 수만큼

이들이 있기 전엔

어떻게 때를 알았을까?

너무 너무 궁금했었지

그런데 하나님의 말씀에서 답을 찾았어

여호수아에게 태양이 중천에 머물고 달이

골짜기에 머물 때까지 원수를 치게 하셨지

아~ 하나님께서 해와 달로
때를 알게 하셨어

하나님의 인생을 향한 모든 것이
놀랍고 오묘하여
감사뿐임을 알았지

오늘도 쉴 사이 없이
일하는 삼형제를 보면서
나도 주를 위해
일분 일초도 낭비하지 않고
살아야겠다는 다짐을 해!

모퉁잇돌이신 예수님

양지 바른 곳에 삼삼오오
쪼그리고 앉아
공기놀이, 비석치기, 비석깨기
놀이를 한 적 있지

집안을 장식한 수석도 있고
어마어마한 기치를 가진
돌들도 있고
예나 지금이나 돌은 건축에 있어서는
귀한 존재인 것은 사실

그러나 모든 돌이 귀하게
쓰이지 않는다

여기 건축자들의 버린 돌이
모퉁이의 머릿돌이 되신 예수님
우린 모퉁잇돌이신 예수님을
성전으로 하여

하나하나 쌓여가는 벽돌들
온전히 주님의 사랑 속에 거하며
은혜 안에 거하는 벽돌 하나하나가
바로 나와 우리들

아~ 건축자들이 버린 돌이
바로 모퉁잇돌이 되신 예수님!

싹이 났네요~ 싹이 났어요

남편이 뒷 베란다에서
상자를 가져와서
커다란 장판을 깔고
우르르 부으니 크고 작은 감자에
싹이 났네요~ 싹이 났어요

그 매끄럽던 피부는 쩍쩍 갈라진
우리 할아버지 고생한 손 같고
싹은 솔라닌이라는 독이 있어
싹둑 잘라서 미련 없이 버렸네요

양파 싹도 먹을 수 있고
대파도 싹이 나면 움파라 하여
먹는데
감자는 싹에 치명적인 독이
있어서 먹을 수 없다네요!

나는 지금 내 마음에 어떤 싹을
틔우고 있을까요?
사랑의 싹이, 믿음의 싹이
기도의 싹이, 은혜의 싹이 움트고
있을까요?

치명적인 독을 품은 싹이 아니라
생명을 주는 싹을 틔우고 싶어요
그러므로 나는 소망합니다!
사랑, 믿음, 기도, 은혜의 싹들이
무럭무럭 자라나길.

배추! 김치로 태어나다

나는 배추입니다
친구들과 함께 주인의 손에 의해
다듬어지고 온몸은 사등분으로
쪼개져서 친구들과 뒤엉켜져
큰 통으로 들어갑니다

그리고 우리 위로 소금이 뿌려져서
쓰리고 아프고
시간이 흘러 우리 몸은
그 싱싱했던 모습은 온데간데없고
소금이 온몸을 파고들어
힘이 쭉 빠져서 하늘하늘거립니다

주인이 흐르는 물에
우리들을 여러 번 담가서
온몸을 깨끗이 씻은 후
큰 채반에 건져 물기를 뺍니다

그리고 다시 주인은
고춧가루, 새우젓, 양파 간 것, 깨소금,
마늘 다진 것, 무채 썬 것, 생강 다진 것, 갓을
큰 통에 넣고 버무립니다

주인이 친구들을 검지로 찍어서
맛을 보며 "음~~ 됐네~~" 하고
우리들의 몸을 펴서
이 양념 친구들을 우리 몸에
골고루 잘 발라서
예쁘게 말아서 항아리에 넣습니다

우리의 본래 모습은 어디에도 없지만,
다른 친구들과 연합하여
새로운 김치로 태어났습니다
우리 하나님 자녀들의
입맛을 사로잡겠죠
우리는 그것으로 족합니다.

인생의 지휘자

많은 아픔과 우여곡절이
숨어 있는 이곳,

또한 기쁨과 슬픔,
눈물과 땀방울이
겹겹이 묻어있는
이곳이,

내 삶의 마지막
일터이자
마침표가 되길
바랐건만

하나님은
또 다른
시작을 위하여
내게 잠시
쉽표를 주셨습니다

하나님께서 주신

도약과 전진의

쉼표 앞에서

나의 어설프고

불완전한 마침표를

찍지 않겠습니다

인생의 지휘자는

오직 하나님입니다.

가시(아픔)

가시는 아픔입니다
상대를 찌를 수도 있고
나를 찌를 수도 있는 존재입니다

세월이 흘러서 가시의 뾰족한 부분이
무뎌졌다고 여겼는데
여전히 무뎌진 가시도 가시인가 봅니다!

겨우 아홉 살 여자 아이의 말 한마디에
나의 마음이 아프고 설움의 눈물이
솟구치다니
내 안에는 아직도 교만의 가시가 삐죽이
고개를 내밀고 있나 봅니다

그래서 우리 주님이 나를 겸손하게
하시려고 아홉 살 철부지 아이의 입에서
나의 가시를 보게 하셨나 봅니다

무뎌진 가시가 도리어 나를 겸손으로
이끈다면 그 가시도 은혜임을 고백합니다
교만하려는 나를 멈추게 하신 주님
늘 나보다 더 나를 사랑하심 감사합니다.

Waiting(기다림)

Waiting에는
기대함, 지침, 짜증, 힘듦, 분노…
때론 포기할 때도 있어요

그래도 우리는
포기하지 말아야 해요
기다릴 줄 아는 사람이 되어야 해요

만약 지금 당신이
기다림에 지쳐있다면
하나님의 일하심을
바라보면서 기다리세요

기다림이 아무리
힘들고 지치고 아파도
하나님의 일하심을
기대하고 기억하여
계속해서 잊지 않아야 해요

신앙의 연료를

꺼지지 않게 하여

하나님의 일하심을 기다려야 해요

기다림의 은혜를 바라보며

하나님의 일하심을 느껴보아요, 우리.

게으름이 몰고 오는 손님은…

좀 더 자자

좀 더 졸자

손을 모으고

좀 더 누워 있자

그 뒤에

우리에게 찾아오는

손님이 있으니

바로~

빈궁과 곤핍이라

이들은

강도같이 오며

군사같이 이를 것이라

이들을 물리칠 자 있으랴

아, 어서 빨리

게으름에서 깨어납시다.

곁눈질은 싫어요

작은 죄라고
얕잡아 보지 마세요
'설마' '그럴 리가' '괜찮겠지'라고
내버려 두지 마세요

힐끔~ 힐끔~
세상을 향한 곁눈질
이것이 신앙의 내리막을
향하는 시작입니다

거룩함을 사모합시다
세상보다~ 하나님을 더욱더
사모하여 세상을 향한 곁눈질을
하나님께로 끌어당깁시다

나는 곁눈질은 싫어요!

거룩한 명품을 사기 위하여

세상 사람들도
명품가방, 시계, 자동차, 옷 등을
사기 위하여
얼마나 노력하는지…

그런데,
하나님의 나라도
좋은 진주를
찾는 것과 같다고 합니다

그러기 위하여
영적 명품 사랑이
있어야 합니다

갖고 싶은 열망만큼
중요한 것은
발견한 것을 취하기 위한
'선택과 희생'입니다

명품 진주를
발견하였다면
그것을 사기 위해
불필요한 소유를 버려야 합니다

오늘 내가
값진 진주를 얻기 위하여
팔아 치워야 할 것은
무엇일까요?

영적 명품을 소유하기
위하여 어떤 희생을
해야 할까요?

눈물

마음의 호수인
눈에서 나오는
가장 빛나고
아름다운 보석입니다

그러나
이 보석은
쉽게 얻을 수 없습니다

우리가 가장 힘들고
아플 때, 가장 기쁠 때
그리고 주님 앞으로
회개의 자리로 나아갈 때

하나님께서는
우리의 가장 연약한 곳에
가장 아름다운 보석을
숨겨두시고 빛나게 하셨습니다

그 눈물의 보석을

하나님께서는 기뻐하시고

주님의 병에 채우길 원하십니다

오늘도 우리를 위하여

마음의 호수에 숨겨둔

보석이 빛날 수 있게

나의 눈물을

우리의 눈물을

주님의 병에 채워나갑시다.

전문가에게 맡겨라

며칠 전, 꽃꽂이를 해보겠다고
재료를 잔뜩 산 친구가
꽃집 전문가에게 맡겨
다시 꽃꽂이를 해야겠다고
두 손을 들었다

그래~ 맞다!
자동차가 고장 나면 자동차전문가에게
우리 몸에 병이 나면 전문가인
의사에게 맡기지 않는가?
꽃꽂이도 전문가의 손에 의해
더 아름답고 멋진 작품이 나온다!

모든 부분에서 그에 합당한 전문가가
있듯이 우리의 영혼이 아파하고
신음할 때는 우리를 창조하신
하나님께 맡겨야 마땅하지 않는가?

창조하신 그는 또한 우리의 영혼을

속속들이 다 아시는 전문가이시다

우리의 영과 육과 혼을 다 주님께

맡기고 그분만 바라고 의지하자.

* 처음 은혜침례교회 갔을 때(2002년 3월 2일)
최인선 담임목사님의 전도사 시절에 전하신 말씀이 생각나서 쓴 글입니다.

카타콤

로마시대 기독교인들의
박해가 극심한 3세기 경에
로마 그리스 전역에
있었던 지하묘지가
바로 나이다

거대한 흙산에 구멍을
뚫고 그것이 통로로
연결되었고, 복잡한 미로를
따라 묘지로, 예배당으로,
피난처로 사용되었으니

기독교인들에게 있어서
나는 묘지이면서
예배당이면서
피난처가 되었다

악랄한 로마군인들의
눈을 피하고
시체 썩는 냄새가 나며
비록 어제의 믿음의
형제와 자매가 오늘
죽음으로 돌아왔지만

이곳에서 천국을 소망하며
예배드릴 수 있음이
감사요 은혜였으니

아아!
기독교인들의 지혜와
천국을 소망함이
나를 통하여 볼 수 있으니.

욕심은 너무 무거워요

욕심을

하나 둘 셋…

쌓다 보면

너무 너무 무거워요

그렇게 자꾸 쌓아

모으다 보면

그 무게에 짓눌려

가라앉게 되고

몸도 마음도

멍이 들고 아파요

욕심을

하나 둘 셋…

버리고 버려요

버리면 가벼워서

일어날 수 있고

걸을 수 있잖아요

욕심이 잉태하여
죄를 낳고
죄가 장성한즉
사망을 낳는다고

그리스도인은 하늘을
향하여 나아가는 자들!

세상 욕심을
버리고 버려서
생명의 좁은 문을
가볍게 통과합시다.

넌! 참 요물이고~ 간사하구나!

너는 좋은 것 다 맛보고
좋은 것 다 느끼고
넌~ 참 요물이구나!
너를 통해서 좋은 것도 듣지만
거침없는 너로 인해 상처와
아픔도 많이 겪는구나

너의 간사하고 요물스러움은
이길 자가 없으리
너는 하나님 앞에 나아가서
제일~ 먼저
심판과 뽑힘을 당해야 마땅하리

너는 불이요~
너를 통해 다툼이 나오는구나
이 세상에서 너를 다스릴 자가
누가 있겠는가?
심판 때 하나님 앞뿐이리라.

하나님이여
내 속에 정한 마음을 창조하시고
내 안에 정직한 영을 새롭게 하소서
- 시편 51: 10

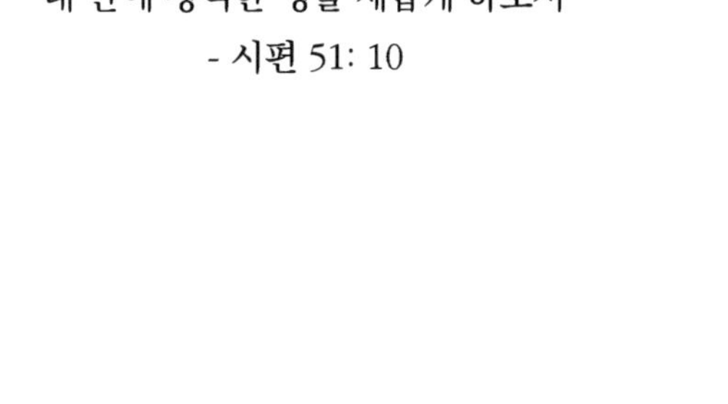

생명의 떡

식탁의 예쁜 쟁반에
옹기종기 모여 있는
너희들을 나는 보는 것만으로 좋구나

그런데 먹지 않고
가만히 놓아두면 상해서
못 먹고 쓰레기로 버리게 되더군

아~
그래서 오늘,
너희들 중에서 가장 흠 없고 잘 익은 널
손에 쥐어 반으로 쪼개서
부드럽고 달콤한 속살을
한입, 두입, 세입
다 먹었어
달콤함이 입 안 가득 느껴진다

옛적에 이스라엘 백성들이
광야에서 유리방황할 때
하나님께서 만나로 배불리
먹게 하신 것을 기억하니?

그런데 그 조상들은 죽었어?
먹어도 죽지 않는 떡이 있는데
바로 생명의 떡이야
곧 예수님이 생명의 떡
먹어도 죽지 않고 영생을 준다네

나도 이제 너희들을
그만 먹고 생명의 떡을 먹을래
산 떡! 생명의 떡!

나는 값비싼 향유는 없어요. 주님,

나는 부족하고 연약하지만 주님 손에 붙들린

나를 드리고 싶어요.

4부

내 천국의 노래

두개골과 손과 발

호랑이는 죽으면 가죽을 남기고
사람은 죽으면 이름을 남긴다는데,
이세벨!

그는 두개골과 손과 발을 남겼다
이스라엘의 왕 아합을 꾀어서
가장 악독한
왕이 되게 하고,
가정의 파괴를 가져온 이세벨!

예후가 반란을 일으켜
요람을 죽이고
왕궁으로 들어올 때도
창가에 앉아서 그를 바라보다가
눈을 그리고 머리를 꾸미며
화장하는 이세벨!

하나님을 두려워하지 않는
그녀의 냉혹함과
아들의 죽음을 듣고도 울지 않는
피도 눈물도 없는 그녀
두 내시가 그녀를 창으로 던지니
피가 담과 말에 튀었고
개들이 이세벨의 시체를 먹었고
두개골과 손과 발만 남았으니…

이것은 이세벨의 악한 생각과 손과 발로
행한 모든 것을 역사가 기억하고
후손이 기억하고 하나님께서
기억하고 계심을 나타냄이라.

내 아들들아, 내 딸들아

나의 사랑하는 아들들아
붉은 입술과 달콤한 말로 거리에 서서
“우리가 서로 사랑하자”라고 말하며
눈짓으로 홀리는 음녀의 길을
따라가지 마라!
그 길은 사망의 길이며 너희를 능히 구원하지 못할
음부의 구덩이니라

나의 사랑하는 딸들아!
동녀 같은 모습으로 너희 길을 막아서는
남창들을 훑어보지 마라
그들의 넓적다리와 넓은 가슴이
너희 영혼을 빼앗고 배교하게 하느니라

내 사랑하는 아들아, 내 딸들아
너희는 여호와의 낯을 바라고
피하지 말지니라.

에봇

우리는
우리의 죄악으로 벌거벗은 수치를
가리기 위하여 옷을 지어 입었지
무화과 나뭇잎으로

우리 하나님은
긍휼과 사랑으로
이런 우리에게
가죽옷을 입혀 주셨네!

아! 놀랍고 한없는 아버지의 사랑이
때론 빛나는 왕의 자색 옷으로
때론 거룩한 옷으로 구별된 에봇으로 입혀주시네!

지금 나와 우리들에게는
어떤 옷을 입혀 주실까?

더 좋은 것을 택한 동생

예수님이 우리 집에 오신다는데
우선 집안 청소를 깨끗이 하고
예수님이 무슨 음식을 좋아하시더라~
그래 맞아! 그 음식을 해서
대접하면 되겠구나~

나는 혼자 바쁘게 발을
동동 구르며 여러 가지 일을
신경 쓴다~ 바쁘다~ 바빠~ 휴~

드디어 주님이 오셨다!
그런데 내 동생은
내가 이렇게 바쁜데도 얼굴도 안 보이고,
예수님 발치에 앉아서
주님의 말씀만 듣고 있다

내가 하는 일은 도와줄 생각은 않고…
짜증이 난다~

나는 예수님께 말했다
"주님! 나의 동생이 내 일을 좀 도와주게
이야기해 주세요"
그때, 예수님께서 이르시길
"마르다야! 여러 가지 일에
신경 쓰지 말고 한 가지 일에 신경 쓰려므나
네 동생 마리아는
가장 좋은 한 가지를 택하였노라"

나는 어떨까?
주님보다 다른 것에 신경 쓰느라
바쁜 마르다인가?
아님 주님 말씀 듣는 것을
택한 마리아인가?

나귀가 말을 하다

모압 왕 발락이
이스라엘이 아모리인에게 행한
모든 일을 보고
심히 두려웠고 번민하였더라!
그리하여 모압 왕 발락이
사신을 보내고 복채와
높은 지위를 준다며
브올의 아들 선지자 발람에게
"나를 위하여 이스라엘을 저주하라"고
하였다

발람은 발락에게 은금을 준다 해도
여호와의 말씀을 어겨
덜하거나 더하지 않겠다고 말한다

그리고 하나님께서는 발람에게 그 백성을 저주하지도 말라
그들은 복을 받을 자라고 말씀해주셨다

발람이 발락의 사신들을 따라 갈 때
여호와의 사자가 칼을 빼어
길에 선 것을 나귀가 보고 피하길
세 번 했는데 발람이 나귀를 때리니
나귀가 왜 때리느냐고 말을 하였다

그때 여호와께서 발람의 눈을 밝혀
사자가 손에 칼을 빼어 들고 선 것을 보고
머리를 숙이고 엎드렸더라!
여호와께서 오죽 답답했으면
나귀로 말하게 하셨을까?

벌써 하나님은 응답하셨는데
우리는 원하는 답만을 고집하진 않는지
발람의 모습이
우리의 모습은 아닐까?

기드온과 300 용사

미디안 사람들이 무서워
포도주 틀에서 밀 타작을 하는 겁 많은 나를
어느 날, 하나님께서 "큰 용사여"라고 부르시고
"너의 힘으로 이스라엘을
미디안의 손에서 구원하라" 하시기로
주된 표징으로 이슬이 양털에만 있고
주변 땅을 마르게 해주시면 믿는다고
또 반대의 표징도
요구할 때마다 들어주셨다

내가 미디안을 치러 갈 때도
하나님은 모인 백성이 너무 많다하여
3분의 2는 돌아가고 만 명이 남았는데 그들도 많다하여
물가로 인도하여 시험하였으니

손으로 움켜 입에 대고 핥는 자가
300명이요 그 외는 다 무릎을
꿇고 물을 마신 자라

여호와께서 내게 이르시되
이 물을 핥다 먹는 300명으로
너희를 구원하여 미디안을
네 손에 넘겨주리라 하셨다

하나님께서는 이스라엘이
스스로 자랑하여 내 손으로 나를 구원하였다 할까 봐
기드온에게 300명과 함께 미디안을 물리치라 하셨다!

더 적은 숫자로 하나님은 하실 수 있지만
겁 많은 나는 하나님을 의지하며
그분을 순종함으로 큰 용사로
다시 태어나 지금 미디안 진영으로 들어간다.

연자 맷돌을 돌리면서…

거듭 거듭 어디서 힘이 나오냐고 묻는
드릴라의 유혹 앞에 머리에서 힘이 나옴을
알려줬다

내가 그녀의 무릎에 잠든 사이 그녀는
나의 머리카락을 잘랐다
잠에서 깨어보니
블레셋 군대가 와서 나를
끌고 갔다

아무 힘도 쓸 수 없는
미약한 존재가 되어
두 눈이 뽑히고 연자 맷돌을
돌리게 되었다

조롱과 멸시를 받으며

짐승이 끄는 연자 맷돌을 돌리면서~

뒤돌아보니 하나님께서

사사로 나를 세워주시고

나귀 턱뼈로 블레셋 사람들을 1,000명이나

죽일 수 있게 힘을 주셨는데…

머리카락을 자르지 말라는

약속조차 지키지 못한

연약한 나는

모든 것이 후회고, 눈물이구나

세월이 지나면 머리카락도

자라느니

비로소 힘이 다시 돌아온 어느 날

짐승처럼 연자 맷돌 돌리는
나의 모습을 비웃으며
블레셋 방백과 수많은 사람은
즐거워하였다

웅성거림과 야유 섞인 소리들!
그들의 깔깔대는 소리를 들으며
그 집을 받치고 있는
두 기둥 사이에 선, 나는
하나님께 다시 한 번
부르짖었다

"다시 나에게 힘을 주십시오"
우르르쾅~~~ 쾅~~ 우지직~
하나님의 심판이 그곳에 임했다.

가죽옷

그들은 그들의 죄악과 수치를
가리기 위하여
무화과 나뭇잎으로
치마를 만들어 입고
여호와의 낯을 피했습니다

그러나
하나님께서는
그들을 위하여
시들지도 해어지지도 않는
가죽옷을 지어 입혔으니
아~ 아~
하나님의 끝없는
사랑 앞에
그들은 목 놓아 웁니다

나도 웁니다.

너무, 너무, 궁금했는데~

덜커덩 덜커덩
먼지도 피어오르고
햇볕은 따갑게 내리쬐는데
내가 읽는 이 두루마리 책의
내용을 난 도무지
이해할 수가 없었지

이 글은 누구를 말함인지
아무리 머리를 싸매고
이리 저리 생각해도 무슨 말인지
수레는 덜커덩거리며
제 갈 길로 가는데
물어볼 사람도 없고

아, 그때!
어떤 사람이
다가와서 어디로 가며
지금 무슨 글을 읽느냐

말을 걸었다
읽고 있는 두루마리는 이사야서
그는 나에게 진리를 가르쳐 주었다
그 분은 바로 "예수님"

나는 진리 되신 그분을 만나자마자
바로 침례를 받았다
나는 죽고 오직 그리스도로!
그리고 그는 가던 길로 가고
나 또한 가던 길로 가니라~

여전히 수레는
덜커덩 덜커덩거리고
햇볕은 따갑지만
나는 지금 이전의 내가 아니다
참 진리이신 그분을 만났기에.

나의 사랑이 남편을 죽였다

나의 남편은 지금 전쟁에 나가 있다
어느 날 내가 목욕하는 모습을 그가 봤다
멀리서도 나의 미모를 알았는지
나를 부르러 왔다
거절할 수 없었다

왕의 명령이고 그의 소문은
익히 듣고 알고 있었으니까, 그리고
그와 하룻밤을 지내고 돌아왔다

그런데 일이 났다, 큰 일이
내가 임신을 하다니
전쟁터에 나간 남편은 집으로
돌아오지 않았는데

그는 모든 것을 해결할 수 있다고 믿었는데…
나의 남편을 적진 깊숙히,
가장 치열한 전투에 밀어 넣어 죽게 했다

내 남편, 우리아 장군을

나의 은밀한 사랑이

죽게 했다.

주의 말씀으로 재갈 먹이자

우리 몸의 지체 가운데
귀가 둘이요 입이 하나인데,
이는 듣기는 속히 하고
말하기와 성 내기는 더디 하라고
하나님께서 만드셨대~

그런데 입안의 혀가 얼마나
대단한지
능히 다스릴 자가 없고 그 세력이
불과 같아서 모든 것을 삼키고
태운다지

아! 어찌 한 입에서 찬송과 저주가
나오고 쓴물과 단물이 나오랴!
이 불의 세력을 능히 다스리고 재갈 물릴 수
있는 것은 오직 하나님의 말씀뿐임을
난~ 알았네!

변덕쟁이

오늘 그들은
종려나무 가지를
흔들며 환호하고
앞에서 걷고 뒤에서 따르며
"호산나! 다윗의 자손 예수여~"

나귀를 타고 예루살렘으로
입성하는 예수님을 환호했는데
내일 그들은
예수님을 향하여
"십자가에 못 박으소서"
"십자가에 못 박으소서" 할 줄이야

아! 그들의 함성 속에
나의 모습이
있는 것은 아닌지
오늘도 되새겨봅니다.

나를 위한 하나님의 사랑이었어

라합, 다말, 우리아의 아내, 룻, 마리아
이 여인들의 공통점은
바로 예수님의 족보에 올랐다는 것

남자들만 오르는 족보에
이 여인들이 올라 있다는 것 자체가 대단한 데
내가 보기엔 마리아를 제외한 네 여인은

기생도 있고, 시아버지와 관계를 가졌으며
다른 남자와 간음하고 또한 이방 여인,
반듯한 행실과 믿음과는 거리가 먼 여인들이었는데,

사라나 리브가와 같은
여인들이 아니고 왜? 허물 많고 죄 많은
이들이 족보에 올랐을까?

아! 내 모습이 이와 같았어!
나를 위한 하나님의 놀라운 사랑

나 같은 죄인을 구원하시기 위한
하나님의 비상수단이고 방법이었어

그 크신 사랑 앞에 난 또 한 번
울 수밖에 없었어.

음녀, 예루살렘아!

예루살렘의 근본과 난 땅은
가나안이요 네 아버지는 아모리 사람이요
네 어머니는 헷 사람이라

네가 날 때 배꼽줄도 자르지 않고
물로 씻어 정결하게 하지 않았고
네게 소금도 뿌리지 않았고
너를 강보에 싸지도 않았으며
너를 불쌍히 여긴 자가 없으므로
네가 나던 날에 네 몸이 천하게 여겨져
들에 버려졌다

그런 널 내가 네 곁을 지날 때에
피투성이 되어 발짓하는 것을 보고
피투성이라도 살아있으라, 다시 또
피투성이라도 살아있으라 하고

내가 너를 들의 풀 같이 많이 하였더니
크게 자라고 심히 아름다웠으나
여전히 벗은 알몸이라

내가 네 곁을 지날 때에 네 때가 사랑할 만한 때라
내 옷으로 너의 벌거벗은 것을 가리고
네게 맹세하고 언약하여 너를 내게 속하게
하였느니라

내가 물로 네 피를 없애고 기름을 바르고
가죽신을 신기고 베와 모시로 수놓은 옷을
입히고 밀가루와 꿀과 기름을 먹임으로
극히 곱고 형통하여 왕후의 지위에 올랐느니라

그러나 네가 그 화려함을 믿고 네 명성을
가지고 행음하되 지나가는 모든 자와 더불어
음란을 많이 하므로 네 몸이 그들의 것이 되었도다

네가 준 모든 것을 너를 위하여 산당을 꾸미고
남자 우상을 만들어 행음하며 네 음식물을
그들 앞에 베풀어 향기를 삼았나니

그리고 네가 나를 위해 낳은 자녀를 그들에게
데리고 가서 제물로 삼아 불살랐나니
네가 네 음행을 작은 일로 여겨 나의 자녀를
죽여 우상에게 주어 불살랐느니라

네가 어렸을 때와 피투성이가 되어 발짓
하던 것을 기억하지 아니하고 모든 가증한 일과
음란을 행하는구나

높은 대와 길 어귀에서 모든 지나가는 자에게
다리를 벌려 하체를 드러내고 애굽과도,
앗수르와도, 장사하는 갈대아에까지 행음하니
이는 방자한 음녀의 행위라

네 마음이 어찌 그리 약한지 사람들은 창기에게
선물을 주거늘 넌 네 모든 정든 자에게 선물을
주며 값을 주어서 사방에서 와서 너와 행음하게 하니
네 음란함이 다른 여인과 같지 아니하며
창기와도 같지 아니하느니라

오호라! 그러면 내가 어떻게 하랴?

축복과 은혜는 주의 제단으로부터…

여호와께서 나 에스겔을 데리고
성전 문에 이르게 하셨는데,
성전 앞면이 동쪽을 향하였고
그 문지방에서 물이 나와 흐르다가
남쪽으로 흘러내리더라

그리고 북문으로 나가서 동쪽을 향한
바깥문에 이르러본즉 물이 오른쪽에서
스며나오고 여호와께서 손에 줄을 잡고
동쪽으로 나아가며 천척을 측량한 후
내게 물을 건너게 하시니 물이 발목에 오르고

또 천척을 측량하여 건너게 하시니 무릎에
또 허리에, 다시 천척을 측량하니
물이 건너지 못할 강이 된지라

그 물이 가득하여 헤엄칠 만한 물이요
능히 건너지 못할 강이라!

그가 나를 강가로 인도하여 보니
강 좌우편에 나무가 심히 많더라

그가 또 내게 이르시되 이 물이 흘러내려
바다의 물이 되살아나고 모든 생물이 살고
또 고기가 심히 많으리니, 각처의 모든 것이
살 것이며 강가에 어부가 서겠고,
그물 치는 곳이 되어 각기 종류의 큰 바다고기가 많으며
강 좌우 가에는 각종 먹을 과실나무가 자라며
그 잎이 시들지 아니하며 열매가 끊이지 아니하고

달마다 새 열매를 맺으니
그 물이 성소를 통하여 나옴이라
그 열매는 먹을 만하고 그 잎사귀는
약재료가 되더라!

그의 자랑이 그를 죽음으로 이끌었네

그는 다윗의 많은 아들 중의 한 명!
그의 이름은 압살롬
발바닥부터 정수리까지 흠이 없는 자
온 이스라엘에 아름다움으로 칭찬을 받는 자
머리털이 자랑이고 연말마다 깎았으며
그 무게만도 저울로 200세겔이더라

그러나 그는 단 한번도
하나님이 그에게 주신 많은 재능을
하나님을 위하여~ 나라를 위하여~
살지 않고 오로지 자기를 위하는 삶을 살았다

누이 다말을 위한 복수의 칼날을 세우고
암논을 죽이고, 급기야는 반역을 일으켜
아버지 다윗을 몰아내고 백주에 아버지의
후궁들을 범하는 패륜도 서슴없이 저질렀다

승리가 눈앞에 보이는 듯하고 왕권이
그에게로 올 것 같았다. 하지만,
하나님께선 다윗의 손을 들어주셨다

비록 다윗은 하나님께 범죄했지만
죄 가운데서도 회개하고 늘 하나님의
이름과 영광을 위한 삶을 살았는데 어떻게
승리를 주지 않을 수 있겠는가?

압살롬! 그의 약삭빠름과 자랑이
결국 그를 죽음에 이르게 하였다.

시날 산 외투와 금덩이가 그렇게 탐이 났더냐?

그 견고한 여리고 성도
하나님의 전술과 전략으로
무너뜨릴 수 있었는데
아이 성쯤이야 식은 죽 먹기보다 쉽다고
생각하여 군사도 몇 명 안 데리고
아이 성을 향했지

우린 결국 패하여 도망하고
백성들의 마음은 물처럼 녹아내렸지
아이 성의 패배로 여호수아가 하나님께
기도하였더니 패배의 원인은
전쟁의 노략물을 여호와께 바치라 했는데
그중 일부를 누군가 훔쳐서 이스라엘에
진노를 내린 것

그 훔친 자는 바로 유다지파 세라의 증손
갈미의 아들 아간이었다
그는 시날 산 외투 한 벌과 은 이백 세겔과

금덩이가 탐나서 그의 장막 깊숙한 곳에 숨겼다
이 일로 그의 가족과 그의 모든 소유
그에게 속한 모든 것이 죽음에 이르렀다
불사르고 쌓인 돌무더기
오늘까지 이곳은 아골 골짜기

한 사람의 탐심이 온 가족과 친지를,
더 나아가 민족을, 하나님의 진노로
곤경에 빠트리고 죽게 한 본보기가 되었다.

이 기쁜 소식을 받을 자격이 나에게 있는가?

여호와께서 포도주를 준비해 놓으시고
레갑의 후손들에게 마시게 하니
그들은 마시지 않았다

왜냐하면 그들의 조상 요나납이
그들에게 이른 모든 것을 지켰는데
포도주를 마시지 말고 농사를 짓지 말고
집을 소유하지 말고 장막에 거하라는 것이었다

그들은 자자손손 그 모든 것을 지키며
살았기에 안정된 집도 없었고 떠돌아다니는
목자의 직업을 택하였다

여호와 하나님께서 세상에
물들지 않고 오로지 하나님 말씀에 따라서
사는 그들에게 대대로 자손이 끊이지 않는
복을 주셨다
그런 그들을 여호와 하나님께서

기억하고 주목하고 계셨다
큰 기쁜 소식인 아기예수의 나심을
누구에게 전할까
아! 그렇지
오로지 나의 모든 것을 지키는
레갑의 후손들에게 이 소식을
알려야겠다

배들레헴에서 떨어진 곳 베탁게렘에서
양치는 그들에게 이 큰 기쁜 소식이
전해졌을 때 그들은 얼마나 기쁘고
좋았을까?

우리는 이 큰 기쁜 소식을
아무런 노력 없이 받을 자격이 있는가?
각자에게 하나님께서 주신 다양한 재능과
독특한 은사로 주를 위한 일에 최선을
다하고 협력하며 나아가야 되지 않을까?

죽으면 죽으리이다

에스더! 그녀 하닷사는 별처럼
아하수에로 왕에게, 모든 사람에게
사랑받는 자였었지

많은 여인이 꿈에 부풀어
왕후 간택에 참여하고 온갖 아름다운
장신구와 향으로 치장하였지만
그녀는 내시가 주는 것 외에는
받지 않았지

그래도 그녀는 모든 사람에게
사랑받는 자
아하수에로 왕에게도 사랑받는 자
그녀는 새 왕후가 되었지

그녀는 하만이 유대민족을 말살하려는
음모를 알고
"죽으면 죽으리라" 는 각오로 왕 앞에

나아갈 때 왕은 그녀에게 금홀을 내밀고
풍전등화 앞의 유대민족을 살렸지

놀랍다, 앞서 일하시는 여호와
놀랍다, 기적을 일으키시는 여호와

별처럼 아름다운 그녀 에스더
민족을 사랑하고 말씀 속에서 빛나는
믿음의 여인 에스더

연약한 여인 속에 감춘
용감하고 강하고 아름다운 그녀, 에스더
오늘도 사랑하리라.

뽕나무

백향목은 아름다운 집을 짓고
잣나무는 방주를 만들고
포도나무도 맛있는 포도 열매를 주는데

난~ 난~ 뽕나무입니다
집도 방주도 만들 수 없고
아! 그런데 생각해보니
나도 참 멋지고 대견한 일을 했습니다

키 작은 삭개오가 나의 가지를 잡고
올라가서 예수님을 만나게 한 일
그리고 블레셋 군사가
르바임 골짜기에 진 치고 있을 때
하나님께서 다윗에게 "뽕나무 꼭대기에서
걸음 걷는 소리가 들리거든 공격하라"라고
말씀하셨어요

승리를 가져다주는 신호가

나를 통해 이루어졌잖아요

나는 아름답고 귀한 백향목도, 잣나무도

아니지만…

나도 귀하게 쓰임 받을 때가 있구나!

아~ 다메섹 도상에서…

따닥~ 따닥~ 따닥~~
말을 타고 기세등등
오늘도 예수 믿는 자를 향하여
남녀를 막론하고 결박하여
예루살렘으로 잡아오려 함이라

사울이 길을 가다가 다메섹에 가까이
이르더니 홀연히 하늘로부터 빛이
비추는지라 땅에 엎드러져 들으매
소리가 있어 이르시되

"사울아! 사울아 네가 어찌하여 나를 박해
하느냐~" 하시거늘 대답하되
"주여! 누구시니이까?"
이르시되 "나는 네가 박해하는 예수라
너는 일어나 시내로 들어가라, 네가 행할 것을
네게 이를 자가 있느니라" 하시니

곁에 있는 사람들은 소리만 듣고 아무도
보지 못하여 말도 못하고 사울은 땅에서
일어나 눈은 떴으나 아무것도 보지 못하고
사람들의 손에 끌려 다메섹으로 들어가니

오! 주님~
나도 어릴 땐 사울이었습니다!
사울이 다메섹 도상에서 예수님을 만나
회심하여 그의 생애를 주님을 위하여,
복음을 전하기 위하여 애썼듯이

나도, 나의 다메섹 도상을 기억합니다.

말 한마디로 낙원에 간 남자

나의 왼편에는 아무 죄도 없으신
예수라는 분이 십자가에 달려 서 있고
제일 왼쪽에 있는 나와 동일한 죄로
십자가에 달린 저 사람이 예수님을
욕하고 조롱하기에 내가 말했지

우리는 죗값으로 마땅히 십자가에 죽어야 되지만
그는 아무 죄도 짓지 않았다고~
그리고 내가
"예수여 ! 당신의 나라가 임하실 때
나를 기억하소서"라고 하니
"오늘 네가 나와 함께 낙원에 있으리라"

아~ 진정 예수님의 오른편에 있는 강도는
죽을 때 말 한마디로 낙원을 허락 받았는데
나는 삶의 순간순간을
주님의 마음에 합한 자로
살아야겠다고 다짐해봅니다.

효자

당신은 진정한 효자입니다!
십자가에 달려 죽음을 앞에 두고도
당신의 고통에는 안중에도 없고
어머니를 걱정하시고 위로하는 아들

십자가 아래서 절규하는
어머니 마리아를 보시고
"보소서 아들이니이다" 하고

당신의 제자를 향해선
"보라! 네 어머니다"
라고 말씀하셨으니
그 후 제자가 자기 집으로 데려가 모셨습니다.

하나님의 비상계엄령!

마태복음 일장은
예수님의 족보입니다
그런데, 자세히 잘 살펴보면
신기하고 놀라운
하나님의 은혜를 발견하게 되는데

그것은 남자들만의 족보의 세계에
다섯 명의 여인의 이름이
올려 있다는 사실입니다

그 여인들 또한 예수님의 어머니
마리아를 제외하고는
다 흠이 있고 무엇 하나 내세울 것
없는 여인들인데
성경 말씀에는 분명하게
기록되어 있습니다

유다는 다말에게서, 살몬은 라합에게서,
보아스는 룻에게서, 다윗은 우리아의
아내에게서, 요셉은 마리아에게서…
하나님은 예수님의 족보에
비정상적인 방법

즉, 하나님의 비상계엄령
"~에게서"를 통하여
아브라함과 다윗의 자손
예수 그리스도의 족보를
완성하셨습니다

아! 얼마나 놀랍고도
신기한 하나님의 은혜가
아니고 무엇이란 말입니까?

값비싼 향유를 깨뜨린 여인

사랑하는 주님께
값비싼 향유를 부어
머리털로 주님 발을 씻기고

주님 발에 입 맞추며
주님을 위해 거룩한 낭비를 한
막달라 마리아~

나는 값비싼 향유는 없어요
주님,

나는 부족하고 연약하지만
주님 손에 붙들린
나를 드리고 싶어요

혹 지금 내게 빛나고 값진 것이
있다면 그것 또한

주님께 드릴래요

나는 값비싼 향유는 없는

여인입니다

나의 마음을 드리고

나의 사랑을 주님께 드릴래요.

나도 바보였으면 좋겠어요

성경에도
바보 같은 사람이 있네요
삼손의 아버지
마노아가 바로
바보 같은 사람이네요

그는 하나님께서
자기 조상에게 분배해 준
땅을 떠나지 않고
끝까지 지키며
외롭게 살아가고 있었는데

하나님께서 찾아오셔서
자식이 없는 그의 아내에게
자식을 주신다고 하셨어요
그리고 그 아들이 이스라엘의 원수
블레셋을 무찌를 것이라고 말씀하셨어요

나도 바보였으면 좋겠어요
마노아처럼
하나님만 바라보고
하나님만 사랑하고
도무지 하나님 외에는
아무것도 아님을 고백하는
하나님바라기, 바보였음 좋겠어요

하나님은 기도하는 사람의
눈물을 땅에 떨어뜨리지
않는다고 하시는데
어떠한 환경과 역경도
모두 이겨내고 싶어요
그리고
나도 하나님만 바라보는
하나님바라기, 바보였으면
참~ 좋겠어요.

드레스 코드

무화과 나뭇잎은
죄로 인하여
하나님을 잃어버린
실낙원의 드레스 코드

반면,
하나님의 드레스 코드는
은혜와 희생의 가죽옷

아담으로 대표되는
인간의 죄를 가리기 위하여
희생 제물로 오신
어린 양 예수님

은혜를 우리에게
입히기 위하여

십자가에서
멸시와 조롱, 수치를 당했습니다

우리의 어설픈 재주로 만든
낡고 해어지기 쉬운
나뭇잎 옷을 벗어버리고
하나님이 우리를 위해 만드신
은혜와 희생의 가죽옷을
입어야 합니다

하나님이 기뻐하시는 자녀인
우리의 드레스 코드는
예수 그리스도입니다.

이중적 모습

삼손!

그는 나실인이었고, 사사로서 이스라엘을

잘 이끌어가야 할 책임이 있었지만

그는 여색을 탐하고, 쾌락을 즐기는

사람이었습니다

또 한편 그는

하나님을 사랑하고

하나님께서 맡기신 사명

블레셋을 무찌르는 것을

위해서는 초지일관으로

임했던 사람이었습니다

그의 마음에는

하나님을 사랑하는 마음과

쾌락을 즐기는 마음이

항상 혼재해 있었습니다

이런 삼손의 모습이
바로 이 시대를 살아가는
우리들의 모습이 아닐까요?

나는 못난 모습도 있고
수없이 실패도 하지만
그 중심이 하나님을 향해
있을 때 하나님께서는
은혜를 베푸시고 기뻐하십니다

우리들에게는
늘 이중적인 모습이 존재하지만
그럼에도 불구하고 우리의 마음이
주께로 향하고 은혜를
사모할 때 하나님께서는
우리와 함께 역사하십니다.

삭개오

나는야 민족의 반역자요
세리장이요 부자이며 권력도 있어요
모두들 나한테 굽실굽실~
하지만 나는 키가 작아요

동족의 피를 빨아먹는 배반자로
불리며 살기에 터놓고 마음을
나눌 친구가 없어요, 하나도 없어요

그런데 어느 날, 죄인의 친구요
병든 자, 아픈 자를 치료하시는
하나님의 아들인 예수님께서
우리 마을에 오셨는데
사람들이 너무나 많이 몰려들어서
움직이지도 못할 형편이고

아!
나는 키 작은 사람이라

아무리 까치발을 해서
예수님을 보려 해도 볼 수 없어요

그때 옆에 커다란 돌 무화과 나무가
떡하니 서 있어서
나는 그 나무를 타고 올라가서 드디어
예수님을 볼 수 있었어요

그때 예수님께서 나를 보시며
"삭개오야! 내려오너라, 오늘 내가
너의 집에 유하여야 겠다"라고
말씀하셨어요.

나는 예수님을 만나서
가난한 사람들에게 재산의 절반을
나눠주고, 토색한 것, 도둑질한 것이
있다면 4배로 갚겠다고 말했어요

나는 어떻게 되었을까요?
나는 그 후로 쫄딱 망해서
빈털터리가 되었지만,

그러나 마음은 진정한 기쁨과
예수님으로 인해 구원을
맛보며 최고로 행복하고 기뻤답니다

여러분도 예수님을 만나보세요
여러분의 그 어떤 것으로도
예수님을 대신할 수 없습니다.

다림줄

하나님의 손에
다림줄이 쥐어졌다네
이스라엘을 향하여
또 나를 향하여
수직인지 비뚤어졌는지
재어보고 계시네!

아~
하나님의 다림줄에
그 누구도 온전하지 못하리

그러나 오직 한 가지
다림줄이신 하나님의

말씀 안의 거하면
살 수 있음을 알았다네.

도피성

부지중에 살인한 자들이
피의 보수자로부터
보복을 피할 수 있는 곳이
바로 도피성!

도피성은 하나님께서
일방적으로 정해 놓은 성
레위 지파에게 속한 성

히브리어로 '나탄'인데
'주다, 허락하다, 부여하다'의 뜻으로
사람을 뜻한다고 합니다
따라서 도피성에 거하는
사람은 살 수 있습니다

이 도피성은
예수 그리스도를 예표합니다
완전한 도피성이 되어주신 예수님!

최초의 살인자 가인은
피의 보수자로부터 피하여
살기 위해서
자신을 위해 에녹 성을 쌓았습니다

하나님이 쌓아주지 않은
에녹 성을 쌓은 가인의 후예는
하나님의 권위에 도전하는
바벨탑을 쌓게 되지 않을지
그 누가 알겠습니까?

당신은 지금
에녹성에 살고 계십니까?
도피성에 살고 계십니까?

별, 왕후가 되다

그녀의 이름은 하닷사로 도금양 은매화를 뜻하며
또 다른 이름인 에스더는 페르시아어로 별을 뜻합니다
아하수에로 왕이 자기 힘을 과시
하기 위해서 연 잔치에서
왕후 와스디가 모습을 보이지 않았다는
이유로 왕후를 폐위시키고
새로운 왕후로 에스더가 뽑혔습니다
도금양과 은매화처럼 그녀는
그 자체에서 향기나는 미인이며
왕의 총애를 받았습니다

나는 그녀의 삼촌으로
왕궁에서 거하며 왕을 살해하려는
음모를 알고 왕을 구해내지만
아무런 대가도 받지 못하고
도리어 잊히고 말았습니다

하만이라는 자는 아말렉의 왕
아각의 후손으로 절대 권력을 가진 자로
자기에게 절하지 않는
나를 미워하며 급기야
유대인 전체를 전멸하려는 조서를 꾸미는데
이 소식을 그녀에게 전하고 네가 왕후가 된 것은
이때를 위함이 아니겠느냐고 하였더니

이에 그녀는 나의 말을 듣고
밤낮 삼일을 금식하며 기도하고
주위 사람들에게도 자기를 위해
금식 기도를 요청한 후 규례를 어기고
"죽으면 죽으리라"는 각오로
아하수에로 왕께 나아갔습니다

우리는 포로에서 귀환하지
못하고 페르시아에 남아 있는
자들로 어떤 기적도, 계시도, 선지자도,

하나님도 부재중인 것처럼
막막하고 깜깜한 암흑의 상태라 여겼지만
여전히 하나님은 우리를 보호하시고

인도하시며 날마다의 삶 속에 잠행한다는 것을 깨달았으며
이곳에 있는 우리 유대인 또한 하나님의 백성임을 알았습니다
우리 유대인을 죽이려 주사위를
던진 날, 부림절은
절망과 저주의 날에서 기쁨으로
우리의 운명을 바꾸어 주신 날입니다

별이 왕후가 된 것은 전적인
하나님의 섭리와 은혜입니다
하나님은 일상에서 역사를 이루십니다!

* 이 글은 친구 딸의 임명고시 때 하나님께서 주신 은혜의 글입니다.
별처럼 빛나는 귀한 교사가 되길 소망하며 쓴 글입니다.
지금 고등학교 음악교사로 재직 중입니다.

소금 인형

무엇이 그리도 미련이
남았을까?

천사가 재촉하여 겨우
소돔성과 고모라 성을 빠져나왔는데…
절대로 '뒤돌아보지 마라'라고 한 말을
왜 새겨듣지 않았을까?

앞에는 남편 롯과 두 딸이 가고 있는데
우르르 쾅~ 쾅~~

하늘에서 하나님의 진노로
불과 유황이 내리고
그 소리에 뒤돌아보는 순간 그녀는

소금 기둥이 되었다
소금 인형이 되었다!

익투스

나는 기독교가
박해 받을 때,
그 누구도 믿을 수
없을 때

성도라는 표시로
비밀리에 쓴 암호문

헬라어이며
예수 그리스도는
하나님의 아들 구세주

한 사람이 반원을 그리면
나머지 한 사람이 반원을
그려 기독교인임을
확인하며 서로 기뻐했는데
물고기 모양이었다

박해와 고난은

땅 끝까지 복음 전파를 이루고

기독교의 복음 전파는

모내기와 같고

로마는 이양기이다.

창조적인 삶을 살자

창세기 1장 1절의 말씀!
"태초에 하나님이 천지를 창조
하시니라"는 말씀을 믿는 우리는
믿음의 성도들이다

인간은 보고 듣고 맛보고 만져서 촉각으로
느끼지만 모든 것을 그대로 수용하지 않고
이성이라는 필터를 통해 한 번 더 걸러서
수용할 것과 안 할 것을 구분한다

인간은 이성적인 동물이지만
이성 위, 한 단계 위에 있는 계시의 말씀,
하나님의 말씀을 믿는다

하나님께서 만물을 그 종류대로
각각 만드셨고
인간은 하나님의 형상대로 만드셨다

그러므로 우리의 삶의 주인은 우리가 아니라
창조자이신 하나님이시다
청지기의 삶이 곧 우리의 삶이다

창세기 1장 1절의 말씀을 믿는 우리는
또한 창조적인 삶으로 하나님께 영광을
돌리는 삶을 살아가야 하지 않는가?

나의 주인은 토기장이신 하나님

나의 주인은 토기장이신 하나님입니다
나는 진흙입니다
나의 주인인 토기장이의
선하신 뜻대로 빚은 나
아름답고 귀한 모양의
여러 그릇 중에
투박하고 못난 질그릇

나의 주인인 토기장이의
손에서 빚어 만든
이 질그릇이야말로
그가 잘못 빚어 만든 그릇이 아닌
마음에 선한 뜻을 품고
정성을 다해 만든 질그릇

그렇기에, 난
그의 최고의 작품!
진흙이 어찌

토기장이 주인에게

나를 이렇게 빚어 주세요

저렇게 빚어 주세요?

말할 수 있겠는가?

토기장이 주인 마음대로

빚으면 그만인 것을

아! 난 투박하고 못난 질그릇!

그렇지만, 주인의 쓰임에

합당하게 깨끗하고

정결하게 준비되어

어디서나 주인이 즐겨 사용하고

나의 이름을 부른다면

난, 그의 최고의 걸작품

나의 주인은 토기장이신 하나님!

나는 그의 사랑으로 빚어진 질그릇.

우리는 십자가 아래의 마리아들

우리는 모두 십자가 아래에
모여 있는 마리아들입니다

나도 마리아
당신도 마리아
모두가 마리아뿐입니다

십자가 아래의 고통이
쓴물이 변하여
구원의 기쁨이 되고 더 나아가
하나님의 역사를 경험합니다

우리는 십자가 아래의 마리아들입니다
십자가 아래에는
온통 마리아들뿐입니다!

고통과 쓴물이 변하여
기쁨이 되는 그 곳,

십자가 아래엔

온통 마리아뿐입니다

나도 마리아

너도 마리아.

벳세메스로 향하는 암소

음매~ 음매~ 음매~

갓 태어난 사랑하는 내 새끼에게

젖 한번 못 빨리고

난 하나님의 법궤를 실은 수레를 끌고

벳세메스로 향해야 된다

눈도 제대로 뜨지 못하고 우는 내 새끼

뒤돌아보고 싶지만

달려가서 젖도 빨리고 싶지만

그것보다 더 앞선 나의 해야 할 일은

블레셋에 내린 재앙이 우연이 아니고

하나님께서 내린 재앙임을 나타내는 것이

나의 최우선의 일

그래서 쉬지 않고 달리고

좌로나 우로나 치우치지 않고 달리며

부르튼 다리와 가쁜 숨을 헐떡이며

곧바로! 벳세메스를 향하여
나아가야 되리

그 무슨 장애가 있더라도
나의 가는 길을 멈추게 할 수 없다
여호와 하나님께서 하신 일임을 알기에

한갓 말 못 하는 짐승도 하나님께서 쓰시고
사명을 향하여 온몸을 던졌는데
나와 우리도 하나님께서 주신 독특한
은사와 재능으로 각자에게 맡기신 사명을
잘 감당하며 달려야겠다!

좌로나 우로나 치우지치 않고
푯대를 향하여~ 예수님을 향하여~.

자다가 웬 박 넝쿨

꼰대가 되어 있고
과거에 머물러 있으며
사랑이 없는 경직된
상태가 된 요나

자기를 위하여 얼기설기로
초막을 짓고 그 안에서
니느웨 성이 어떻게 되는가
눈을 부릅뜨고 주목하여
바라보는 요나

그런 요나를 위하여
하나님께서
그의 머리 위에
박 넝쿨로 시원한
그늘을 만들어 주시니
이때까지 그는
불순종으로 인하여

암담하고 우울했지만
그의 영혼은 하나님의 은혜로
잠시 기뻐했습니다

그러나
그는 영혼을 사랑하는
마음이 없고 감사가 삭제된
인생이었습니다

그리고 박 넝쿨은 성전 안의
물두멍 즉, 놋으로 만든 바다에
아로새긴 박과 핀 꽃으로
그가 어릴 때부터 성전 안에
장식된 것이었습니다

박 넝쿨은 하나님의 은혜를 상징,
이튿날, 새벽녘에 하나님께서

벌레 한 마리를 보내셔서
그 박 넝쿨을 갉아먹어 그늘이 없어지니
'사는 것보다 죽는 것이 더 낫겠다'고 말합니다

벌레는 히브리어로 톨라인데
이는 주홍색이란 뜻을 지니며
죄를 상징하기도 합니다
죄가 등장하여 은혜를 갉아 먹자
기쁨도 사라지고 에너지도 빠집니다

왜 어둡고 암울하십니까?
죄의 벌레가 하나님의 은혜의 박 넝쿨을 갉아먹으니
힘도 빠지고 우울하며 인생의 의미도 사라집니다
날마다 짓는 자범죄를 놋으로 만든 바다에 씻어
회개하여 은혜의 자리로 나아갑시다
하나님의 은혜가 압도하면
기쁨이 있고 새 힘을 얻게 됩니다.